集英社オレンジ文庫

たとえば君が虚像の世界

くらゆいあゆ

本書は書き下ろしです。

たとえば君が虚像の世界

CONTENTS

イラスト／けーしん

たとえば君が虚像の世界
World, that you are a virtual existence ……for instance
くらゆいあゆ

頭上には、迫るような満天の星空が広がっている。

なんて美しいのだろう。

人は亡くなって空にかえるなら、命が尽きる瞬間も、こんなにきれいな星空に包まれればいい。それはとても幸せなことに思える。

私は、ゆっくりとまぶたを閉じた。

第一章　二十四時間、自分を守ることができるのは

◇1◇

　そのノートは、誘うように、机の上に開かれていた。

　出した覚えもないのに。


　高校から戻ったわたしは、スクールバッグを肩から下ろしながら、玄関のすぐ脇にある自分の部屋のドアノブを引いた。正面の勉強机がまっすぐ視界に飛びこんでくる。

　夏休み明けの初日はただでさえ調子が戻らない。そのうえ、今日は学校であった自分的珍事で思考が埋め尽くされ、今朝がた不可解に思ったこのノートのことなど頭からすっぽり抜け落ちていた。

　どうしてこれがここにあったんだろう。

　わたしは軽く首をかしげ、机のところまで数歩進むとそのノートに指をかける。

　昨日の夜は、初日提出ぶんの宿題を何度も確かめてからスクールバッグにしまった。準

備万端でベッドに入った。

だから机の上には何も載っていないはずだった。

それなのに朝、いつもはまったく使わないこのノートが開きっぱなしで置いてあった。

登校間際、それに気づいた時はさすがにいぶかしく思い、とっさにノートを閉じて表紙を確かめたのだ。

そこにお母さんのいらだった声が響いた。

「星莉(せり)っ！　星莉ったらーっ！　学校遅れるわよー」

「はーい！」

怒声に追われ、わたしはノートをそのままにしてスクールバッグをひっつかみ、玄関でローファーを履(は)いたんだった。

記憶をたどりながらわたしはそのノートを手に取り、ページを確認した。

見開きの最終ページに、罫線(けいせん)無視の横書きで乱暴な文字が躍(おど)っている。横書きというよりはもう斜めに近い。

「な……何これっ」

わたしは目に飛び込んできた内容に動揺し、思わずノートから手を離した。

落下したノートは背表紙が最初に机の天板に当たり、カンっと鋭い音をたてた。そして見開きのままそこに鎮座する。

最後に綴り練習をした隣のページには、まず大きく「警告」の文字があった。

〝警告　十六歳、高一の栗原セリへ。杉崎リューガを好きでいるのをやめて。

あいつはさいてーさいぁくの男。

私は未来のセリです。

時間がなくて理由まで書けない、でも私を信じて杉崎から離れて。

セリは高二の時に杉崎への想いがあふれて告白をする。

ふられて自分の想いに決別するために告白するはず。

今のあなたなら、そろそろその考え、理解できるはずだよね。

でもそれをするとジゴクが待ってるよ。

杉崎とのせっしょくをまず絶って！　杉崎は来年、クラスが落ちセリと同じ六組になるはず。同じクラスにならないようにセリは一番上の一組に上がってほしい。

忘れないでセリ。二十四時間側にいて、自分を守ることができるのは自分だけだということを。

楽しい青春を送ってほしい〟

わたしはかすかに後ずさった。

わけがわからない。なんの怪奇現象なんだろう。

誰かのいたずら？

でも筆跡が、うす気味悪いほどわたしの字に似ている。大人になったらこういう字を書くのかも、と思えるような今の字体の延長線上にあるような筆跡だった。

メッセージには先があった。

続く文章に、わたしは目を見張る。

凍りつく表情筋とは裏腹に、膝の震えを自分ではどうすることもできなかった。

何度も深呼吸を繰り返す。やっとの思いで、今朝お母さんに起こされた時からのことを、振り返って順に脳裏に描きだす努力をするに至った。

ほんの、十時間たらず前のことなのだ。

「星莉っ、いつまで寝てるの？　今日から新学期よ？」

　お母さんが部屋のカーテンを勢いよくシャッと引いた。薄暗かった室内に光が満ち、ベッドの中でまだ夢のふちをさまよっているわたしに、いきなり朝がのしかかった。

　あまりのまぶしさに片手を額の上に持っていって光をさえぎる。

「うーん……」

「早く起きないと高校遅刻するわよ。昨日遅くまで起きてたでしょ？　夏休みの宿題が終わらなかったんじゃないの？」

「んー……宿題……多すぎだよ」

「せりー！　ねえ、もう高校生なのよ？　いいかげん自覚してちょうだい！　お願いだから起こされなくても自分で起きてよ」

「わかってるってばぁ……」

　指の間から漏(も)れる朝日のまぶしさに耐えかねて、わたしは壁側に寝返りを打った。

「星莉！　お母さんは莉緒(りお)の幼稚園の支度もあるのよ？　いい加減に起きなさいっ！」

「だって、昨日……遅かっ……ぎゃーっ!!」

　お母さんはわたしが脚(あし)まで絡めて抱いていたタオルケットの端を、リズミカルに上下に振って引っ張り、それを奪い取るとベッドの隅(すみ)に放り投げた。

うら若き十六の乙女のあらわな寝姿が、九月の空気にさらされる。一気に目が覚めた。

「まったくもう！　どうしてこの子は宿題を計画的にできないのかしら」

わたしは仕方なくベッドの上に身体を起こし、寝不足でしばしばする目でお母さんを仰いだ。まだちっとも頭が働かない。

「ちゃんと宿題は終わらせたんだよ」

「昨日机に突っ伏して寝てたのよ？　無理に立たせてすぐ後ろのベッドに入れるのさえ大変だったのよ？　完全に寝ちゃって百パーセント脱力してたんだから！」

「ふぉんなことは――」

ないでしょ。大あくびに続きの言葉がのまれる。

「学校の準備だってこれからなんでしょ？」

「いや、平気。そこはばっちりです」

「そうなの？　とにかく早く起きないと新学期から遅刻よ」

お母さんはわたしの机の上に視線を走らせると、一瞬腑に落ちない顔をして小首をかしげた。

それからぶつぶつと文句を口にしながら部屋を出ていった。

もうちょっと優しく起こせないのかなあ、と、ぴょこんとはねてしまった前髪をなでつけながら心の中で愚痴を言う。

ベッド上にある、充電コードにつないだままのスマートフォンを、身体をひねって取りあげ時刻を確かめる。手の中のスマホを見つめてぎょっとする。

画面上の小さな数字は、なるほどお母さんがタオルケットを引っぺがしたくなるような時刻を表していた。わたしはお尻を支点に身体をまわして床に両足をつく。毎朝のことだ。ここからのスタートダッシュには自信がある。

わたしの家は家族四人暮らしを想定した小さめ3LDKの社宅だ。まだ五歳の莉緒に今のところ部屋は必要なくて、一部屋はお父さんの書斎兼荷物置き場と化している。おばあちゃんがいた一時期は、おばあちゃんの部屋として立派に機能していたけど。

わたしは自室を飛び出し洗面所に駆け込む。

「お父さんおはよう。もう洗面所空く?」

「なんだ星莉、もうちょっと余裕がもてないのか」

「昨日、宿題が終わんなくて遅かったの」

「そうかそうか」

娘二人にはめっぽう甘いお父さんは、洗面所を早々にわたしに譲ってくれて、自分は横で髭剃りの続きをする。

歯磨き、洗顔、長い髪の毛を規定通りに二つに縛る。そのあとで朝食。

自室に戻り、ハンガーにセットしてかけてあった制服のブラウスに袖（そで）を通す。わたしの通う中高一貫校、希望ケ原（きぼうがはら）高校の夏服は、細いストライプの入ったブラウスに白のベスト。スカートは、落ち着いた緑がベースのチェックだ。けっこう気に入っている。

「あれっ？」

机の上にノートが開きっぱなしになっていた。筆記具まで散らばっている。

そこには、漢字テストの前に練習した覚えのある綴りがびっしりと並んでいた。

わたしは開きっぱなしのノートを手早く閉じて、表紙を確かめる。

油性ペンで数学、とあって、その字を消すように大きなバツがつけてある。去年、中学三年の時の数学のノートだった。

残りページが多いから、このノートで漢字や英単語の練習をしている。ふだんは学習机に備え付けの本棚に突っ込んであって、ここ最近は使った覚えもない。

ざらりとした違和感が首筋をはいあがる。わたしはそのノートをもう一度開こうとした。さっき目にした最終ページに、漢字や英単語とは違う、文章が、確かに並んでいた。

「星莉っ！　星莉ったらーっ！　学校遅れるわよー」

「はーい！」

リビングからお母さんの険を含んだ声が響く。

腕時計に視線を走らせると、散らばる筆記具を猛スピードでかき集めてペンケースに入れる。それを乱暴にスクールバッグに詰め込む。この筆記具だって、昨日間違いなくスクールバッグに収めたはずなのに。

不可解な現象は解せないながらも今は時間が優先だ。中身は確認済みのはずのスクールバッグをひっつかみ、わたしは部屋を出た。

ポケットからかすかに色のついたリップを取り出し、唇に塗りながら、右左とローファーに足を突っ込む。

わたしは七十世帯近くが暮らす社宅から飛び出し、駅までを急いだ。

我が家の社宅があるこのあたりは、ちょっとした高級住宅街だ。小学校の友だちの中にはお金持ちの子息子女がたくさんいた。

歩道を急ぐうち、ひときわ大きな門が見えてくる。二メートルくらいは高さのある洗練された和モダンなダークブラウンの細い格子門。横幅がかなりあるこっちは車用だ。開いているところをあまり見ない。左側の人が通るほうの低い格子の門から、ひとりの男子が、わたしと同じ希望ケ原高校の桜の校章が入ったスクールバッグを肩にひっかけて出てきた。

「杉崎」

男子がわたしのかすかな声に振り向く。

杉崎がこの街に住んでいるのも父親が高名な精神科医だからだ。十以上離れたお兄ちゃんに、お姉ちゃんが二人いて、その三人はすでに難関大学を卒業してみんな医者かジャーナリストになっている。お母さんがジャーナリストなのだ。

「おう、おはよ」

「おはよう」

「ちょい遅くねえ？」

「遅いよね」

「急ぐか」

そう独り言のように呟(つぶや)くと、彼、杉崎颯河(りゅうが)はずり落ちてきたスクールバッグを肩にかけなおし、わたしの横を速足で歩き出す。

杉崎はわたしの同級生だ。

小学校の校区が同じ。その頃の登校班も同じ。近所の子供数人と公園で一緒に遊んでいたのはいくつまでだっただろう。お互いの部屋の行き来があるほどの仲ではないにしろ、幼なじみの括(くく)りには入ると思う。

同じ私立に子供を通わせる親同士、うちのお母さんと杉崎のお母さんは今でもたまに連絡を取り合う仲だ。

　わたしたちも朝会えば一緒に登校する。もっとも帰宅部のわたしと違って、杉崎は中学からバスケをやっているから、朝練が多くてそれほど登校時間が同じになることはない。

　子供の頃は杉崎の隣を歩くことも、他の友だちと同じように自然で当たり前だったのに、なんとなく半歩遅れてうつむくようになったのはいつの頃からだったんだろう。

　自分の内に芽生えた、特定の人物にのみ向けられる甘い疼(うず)きや苦い痛みに、恋という名前がついていると気づくまでに、わたしの場合は三年を要した。無意識に認めたくない気持ちが働いて、自覚までに長い時間がかかってしまった。

　なぜなら望みがない。まるっきり皆無。

　杉崎は人気があり、わたしはいたって普通。いやどちらかというと地味な部類に入ってしまう。悲しくなるほどつりあわない。

　杉崎は高校一年の今でこそ身長が一七二、三あり、この年齢にしては高いほうらしい。でも昔は小さかった。にょきにょき伸びたのはここ一、二年のことだ。

「かっこいい」より「かわいい」と言われることのほうが多い男子で、今でも充分にその片鱗(へんりん)は残っている。

　ふだんはいたってさめている。中学のクラス委員決めで名前が挙がった時の言葉に、ちょっとびっくりしたのを覚えている。

「責任感とかマジ無理なんだけど。俺、それを行使するのに努力を要するタイプ」

多数決で決まった時は当然のように引き受けて、サクサク無難にこなしていたけれど。

少し前を行く杉崎の横顔。ごくナチュラルなツーブロックにカットされた髪。なめし革のような首筋に、直線の腱が斜めに浮く。

わたしはさりげなく杉崎から視線をそらした。

高校に向かう路線の電車内で、最寄り駅が近くなるにしたがって杉崎のまわりには男女が徐々に群れてくる。みんなわたしの存在なんか視界にも入っていない。

わたしの立っている場所は杉崎の友だちに押され、少しずつ彼から遠ざかる。こんな時どうしたらいいのか、わたしは途方にくれる。

「そうだよな？　星莉？」

「えっ？　う、うん」

車内に自分の友だちがいないかときょろきょろしていると、突然杉崎はわたしに話題を振ってきた。たまにこういうことがある。間に数人の男女がいるから、杉崎は誰かの身体の横から覗き込むようにわたしに顔を向けることになる。

そんな時わたしは、女子たちの棘のある視線よりも、男子連中のまるで無関心な表情のほうに傷つき心が冷える。

　栗原星莉は杉崎颯河の単なる幼なじみにすぎない。家が近所でたまたま同じ私立の中高一貫校に通うことになった、ただそれだけの女子。

　彼らはわたしが、杉崎の〝それ以上の存在〟になる可能性など、はなから思いつきもしないのだ。彼らの心理に根付いているその残酷な共通認識に、わたしは心をえぐられる。

「星莉、おはよう」

　アーチ型の校門をくぐったあと、わたしの背をばんっと叩いたのは親友の三枝素美（さえぐさもとみ）だった。

「素美おはよう」

　校庭脇のフェンスの横には並木道が設（しつら）えられている。校門から昇降口までの青葉のトンネルを、素美と二人並んで歩く。見ごろにはため息が漏れるほどきれいな桜並木になるこの道は、二百メートルあって希望ケ原高校の大きなウリだ。

「なんだかますます焼けたね、素美」

「残念ながらソフトボール焼けだよ。休み中だって週四だったんだよ？　部活」

「大変だよね！　でも部活って青春っぽくて憧（あこが）れるな」

「星莉は自分で辞めちゃったじゃない。中一の時はたしかテニス部だったよね？」

「だって」

あまりにヘタクソで自己嫌悪に陥るばっかりだったのだ。運動神経が悲しいほどないのも、中高生にとっては自信喪失の大きな要因だ。

並木道を歩く頃には、わたしと杉崎の距離は一緒に登校したとは誰も思わないほど開いてしまう。杉崎は男女数人に囲まれてわいわい騒ぎながら数メートル先を歩いている。ここまでくると、もうわたしを振り返ったりはしない。

杉崎たちが先に昇降口に入り、わたしと素美もそれに続く。

希望ケ原高校は完全成績順のクラス編成だ。いやらしいことに「組」の前についている数字までが成績で決まる。一組は授業料その他もろもろが免除の特待クラス。二、三、四組が特進選抜クラスで、五、六、七、八、九、十組が進学クラス。

特待、特進選抜、進学クラスでは、授業内容も定期考査の問題の難易度も違う。

杉崎が一年四組の下駄箱に向かう。わたしは一年六組の下駄箱に向かう。

入学した中学一年の時は、わたしと杉崎は同じ進学クラスの五組に在籍していた。学年毎にクラスの入れ替わりがあるうちの学校。杉崎とは中学の二年、三年も同じ五組だったけど、彼は高等部に移る時にひとつ上がり、特進選抜の四組になった。わたしは進学クラスの中でひとつ下がり六組になってしまった。

　特待、特進選抜、進学、と同じ括りの中では、それなりにクラスの上がり下がりが多い。でもランク分けの壁を越えて、進学クラスから特進選抜クラスに上がるのはなかなか難しいことらしく、杉崎の他には数人いるだけだった。

　でも近頃は、特進選抜を目指していた頃より、勉強時間は減っているんじゃないだろうか。最近、杉崎は山室（やまむろ）くんたち不良仲間と頻繁（ひんぱん）に遊んでいるようだ。夕方、部活が終わってから私服に着替えて出ていくところに何度かでくわしたことがある。

　一緒に校門をくぐった仲間の中で一番遅れて四組の下駄箱に向かった杉崎は、違う列に入ろうとするわたしのほうをまったく見ずに呟いた。

「じゃーな、星莉」

「えっ……うん」

　今日の杉崎は、なぜだかやけに優しい。戸惑いを含んだぎこちない気遣いみたいなものに、すわりの悪さを感じる。

　わたしは、階段に向かう杉崎の後ろ姿を凝視した。スクールバッグを肩から背中のほうに担ぎ上げて、階段に足を載せる猫背ぎみの後ろ姿。シルエットだけで判別ができるほど見つめ続けてきた背中だ。

「星莉、素美、おはよう！」

一年六組の教室に入ると、仲良くしている珠希（たまき）がわたしと素美に手を振った。

「おはよ！」

素美が自分の机にスクールバッグを置きに行くより先に、珠希のところに向かった。いつものことで、ふだんはわたしもそうする。素美は数メートルわたしから離れたところで足を止め、振り返った。いぶかしげに表情を曇（くも）らせ、わたしの名を呼ぶ。

「星莉？」

なぜか、動けずにいた。目の前に広がる光景を茫然（ぼうぜん）と眺める。

黒板の右端に書かれた日直の名前。机の横にひっかけられたいくつものスクールバッグ。東向きの窓から燦燦（さんさん）と降り注ぐ朝の光に教室全体が発光している。いつもとまるで変わらない光景だった。

男子の意味不明なわめき声。女子の笑いさざめく声。あちこちで椅子（いす）をひくノイズや机に教科書を投げ出す音。ふだんと寸分違（たが）わぬざわめきだ。見慣れた、身体に馴染んだ六組の朝のひとコマだった。

どうしてだろう。この日常的な風景に、わたしは息もできないくらい苦しくなり、心臓が押しつぶされそうになった。身体が感電したようにしびれ、微動だにできない。

「星莉ってば！」

わたしの異変に、素美がわざわざ教室の出入り口まで戻ってきてくれた。

「星莉！　星莉っ」

「……あ、うん」

走ったわけでもないのに息があがる。身体がもっともっと酸素を要求する。

「どうしたの？　真っ青だよ？　保健室に行く？」

「……いい。大丈夫」

「ほんと？」

「うん、ありがと。だらけた夏休みだったから、急に教室に入ってきてクラクラしちゃったみたい」

席にいた珠希までわたしの様子に気づいて近づいてきてくれた。

「星莉、大丈夫なの？」

「昨日遅くまで世界史のレポートが終わんなかったから寝不足ぎみで。一夜漬けでさ」

「だよね。あれにはタマキも苦戦したわ」

「星莉は部活に入ってないから時間があり余ってたでしょうに。ダラダラしてるからそんなことにもなるんだこ」

素美がわたしの肩を指で軽く突き、笑った。

「おっしゃる通りで」

「歳（とし）なのよ、星莉はもう」

わたしの不調がたいしたことがないと判明すると、軽口をたたいてさっさと席に戻った珠希だ。

「珠希ってば。十六歳だよ？　これでも花の女子高生なんだからあ」

わたしが拳（こぶし）を振り上げたところで後ろから野太い声がした。

「花の女子高生なら花の女子高生らしく、本分である学業を忘れずに時間には席につきなさい。もう充分遅刻だ、栗原」

「え？」

すぐ後ろに副担任の米沢（よねざわ）先生がいた。

「ついでに忠告しておこう、栗原。世界史のレポートは一夜漬けでやるものではない」

間が悪いことに米沢先生は世界史の担当だ。

「す……すみません、でした」

夏休み明けの教室特有の空気に、どっぷり気持ちを持っていかれて聞こえなかったけれど、すでにチャイムが鳴ったあとらしい。

でも、まだ半分以上の生徒は自分の席についていなかった。

担任の里山真希先生、通称マキちゃんは生徒と感覚が近く、細かいことに目くじらをたてるタイプじゃないのだ。だからチャイムが鳴ってもマキちゃんが入ってくるまでは、みんなふらふらしていることが多い。

どうして今日は担任のマキちゃんじゃなく、副担任の米沢先生なんだろう。

「さあ、みんな席について。里山先生はしばらくお休みになる。場合が場合だけに長くなるかもしれない。急遽わたしが六組の担任を受け持つことになった」

教室がどよめきに包まれる。驚きの空気が、次第に不安に塗り替えられてゆく。

マキちゃんは現在妊娠している。夏休み前にわかり、わたしたちを二年に進級させてから産休を取ることになっていた。

「心配する事態にはならないだろう。入院しておられるんだが、安静にしていれば母子ともに問題はないそうだ」

今度は安堵感が教室に満ちる。マキちゃんは六組の生徒にとても慕われている。

「連絡事項はそれだけだ。そろそろ六組が体育館に向かう時刻だな。始業式に行くぞ」

米沢先生は腕時計に視線を落としながら生徒を促す。体育館は新校舎の隣にあり、渡り廊下からの出入り口がひとつだ。学年順、クラス順にそこに移動することになっている。

杉崎のいる四組と、わたしたち六組は、校舎は同じだけれど階が違う。六組は三階で四組は二階。同じ校舎内にいても彼に遭遇する機会はごく限られている。

みんなは、だるい、めんどい、と愚痴を並べるばかりの始業式や朝礼の全校行事が、わたしにとっては至福の時間だ。

四組のほうが先に体育館に入っているから、あとから入るわたしは杉崎が友だちと笑い合っている横顔を拝むことができる。

四組と六組だからものすごく離れているわけではない。でも出席番号順に並ぶと杉崎のほうが少し後ろにきてしまう。

挨拶(あいさつ)する先生が入れ替わるちょっとしたざわつきや、後半、生徒が飽きてもぞもぞ動き出すのに乗じて、肩越しに四組の杉崎をちらりと確認するのがやっとだった。

今日もそうしてそうっと杉崎のほうを覗く。刹那(せつな)、心臓が跳ねあがった。杉崎がこっちを見ていたのだ。視線がしっかり絡む。

何年間も同じシチュエーションを繰り返してきたけど、こんなことは初めてで、わたしは激しく動揺した。身動きできないまま瞳だけが不自然に左右に動いてしまう。

次の瞬間、杉崎は、なんとてらいもなくわたしに向かって、「いーっ」の形に歯をむいて見せ、シーサーさながらに両方の口角を引き上げた。いわゆる変顔だ。

それから何事もなかったかのように、ふいっとわたしから視線をそらした。わたしも、おそらくまわりが不自然に感じるほどのスピードで前に向き直った。

何今の？　何が起こったの？

勘違いじゃなく本当に目が合っていたらしい事実に、血液は沸騰し首筋がゆで上がる。

そのあと、わたしはうるさいほど高鳴る心臓の音と戦いながら、ひたすら今見たビジョンを脳内から追い出そうと躍起になっていた。始業式が終わって教室に戻る間も上の空だった。


「きゃーっ、よかったね！　星莉！　新学期から超ラッキーじゃない？」

教室に戻り、クジでした席替えで、わたしは仲良しの素美と隣同士になることができた。基本、男子と女子が並ぶから、たしかにこれは嬉しい事態だ。

「そうだね」

「なによ、テンション低いな。隣になれることなんてめったにないよ？」

「だよね」

「ダメだこりゃ。もうどうしちゃったのよ、星莉。始業式が終わってからほとんどしゃべらないし。反応うすーい」

硬い態度に業(ごう)を煮やした素美が、隣に座るわたしの肩をひっぱたいた。

さっき体育館で起こった出来事が衝撃的すぎて、わたしはまだ頭にかすみがかかったままだ。

「ねえねえ、見てこれ、おっかしいでしょ？」

いまだ表情の乏(とぼ)しいわたしに、素美ははしゃいだ声で自分のスマホを突き出してきた。スマホの裏側のリンゴマークの下にプリクラが貼ってある。素美のスマホケースは透明で、かわいいキャラクターがふちどり模様みたいに入っている。ケースの上からでもスマホの真ん中に貼ったプリクラがよく見える。

「なにこれ？」

横目で確認すると素美と彼氏の森口八城(もりぐちやしろ)が肩を寄せ合ってピースサインをしている。森口が、いきすぎたプリクラの加工機能で女の子みたいになっている。

「素美より森口のほうが美人。美坊主だよ、これじゃ」

「でしょでしょ？　メイクしてみたらこんなんなっちゃった！　この機種やばいの」

素美は大口を開けてきゃらきゃらと笑った。

「遊んでるの？　森口かわいそうに」

「わたしより八城のほうが悪乗りしてやったんだよ。楽しいでしょ？」

確かに面白い画にはなっている。森口は野球部だから坊主頭で骨格がごついのに、加工のせいで唇は真っ赤で色白乙女。正直、本人を知っているから気持ち悪い。

本当ならここは笑うところなんだろうと思う。素美も始業式が終わってからいきなり口数が少なくなったわたしを気遣って、こんなプリクラを見せてくれているわけだ。

「いいな、素美は。森口と楽しそうで」

「あれごめん。彼氏の写真はまずかった？　なんだか知らないけど凹んでる時って、さらに落ち込み方向に思考がいっちゃうのか」

「それはあるのかも」

わたしは机に腕を伸ばしてその上に頭を横倒しにした。

お弁当後に大掃除、そして終礼が終わってもわたしの脳みそは現実に戻ってこられない。

「星莉が元気ないから、どこかに寄ってってあげたいけど部活がなあ」

「大丈夫、また明日ね」

わたしは素美や珠希やクラスメイトの女子に手を振ると、よろよろと帰途についた。

まだ脳裏には杉崎の「いーっ」の変顔がくっきり焼きついている。ふざけていることも多い杉崎だけど、あそこまでするのは珍しい。しかも相手がわたしだ。どんな気まぐれを起こしたのか、なかなか見られないレアな現象であることには違いない。

「ただいまあ」

「おかえり、星莉」

「おねえたんおかえりー」

奥からお母さんの声がし、続いて妹の莉緒がパタパタと玄関まで駆け寄ってくる。

「ただいま莉緒。今日は幼稚園楽しかった?」

「うん。まいちゃんとおすなばであそんだんだよ」

「そっか、よかったね」

莉緒の頭を軽くなでるとわたしは自分の部屋のドアを開けた。

そこで手に取ったのが、今朝は不審に思いつつも時間切れで確認できなかった件(くだん)のノートだ。

「な……何これっ」

先に続く文章が、記憶を遡(さかのぼ)れと促していた。

◇3◇

〝信じられるわけないから、今日起こることを書いておく、覚えてるはんいで。

朝、杉崎と一緒に学校に行く。

担任のマキちゃんが入院。六組の担任は米沢になる。

素美と隣の席になれる。

素美がケータイのフラップに貼ってある森口とのプリクラ見せてきた。

夕方、リオが転んでテレビにゲキトツ。上にのってたグラスが落っこちて流血〟


飛び出すはずの言葉は驚きのあまり喉に貼りつく。

書かれていた事柄は、朝の杉崎と一緒の登校から教室で起こった出来事にいたるまで、まさしくそっくりそのままだったからだ。

グラスが落っこちて、のあたりにくると、シャーペンの文字が薄すぎて、目を凝らしても読むのがやっとだった。どんどん筆圧が下がっていき、薄くなる字。シャーペンののたくった跡。その中に、脈絡なく読める字や単語がいくつか浮かぶだけだ。

最後のほうは気力だけで書いているような印象を受ける。

これはいったいどういうことだろう？　まるで未来のわたしが今のわたしに警告を送っているような……。

確かにそう書いてある。あるけど信じられるわけがない。そんなＳＦみたいなことが現実に起こりうるなんて、信じろというほうが無理がある。

でもわたしは今朝、杉崎と一緒に登校した。

マキちゃんが入院して担任が米沢先生に替わったのは紛れもない事実だし、素美とも隣の席になった。素美は森口とのプリクラを見せてきた。

わたしは背筋が凍るような悪寒を感じ、ぶるっと大きく肩を震わせた。全部、全部あっている。

万が一これが本当に未来からの警告だったとしたら、このあと、莉緒はテレビに激突して上のグラスが落ちて、怪我か何かをするということだろうか？　ここまでの出来事は偶然では片づけられないほど、不気味な当たり方をしているんだから、念のためグラスをどかしておかなくちゃ――。

しかしそこでわたしの思考に疑問が割って入る。

「グラスってどういうこと？」

テレビの上にグラス？　テレビの上に何かを載せられるスペースなんかない。

頭が混乱する。グラスのことだけじゃなく、警告を記したノートのページには、意味のわからない単語があるのだ。フラップ。フラップ。フラップってなんだっけ？

〝ケータイのフラップに貼ってある森口とのプリクラ〟

スマホの裏側のことをフラップというんだろうか？　素美が見せてきたプリクラを貼ってあったのは、スマホの裏側のリンゴマークの下だ。

わたしはスマホを取り出して、フラップを検索にかけた。上がってきたいくつかの説明を見てよけいわけがわからなくなった。

〝一片を固定して開閉するもの。蓋（ふた）。例えばダンボール箱の蓋のようなもの〟

素美がわたしに見せてきたのはスマホ、スマートフォンだ。蓋なんてついていない……。

そこでわたしはひらめきのように思い至った。

おじいちゃんが使っているような二つ折りの携帯電話だったら……？　上の部分は蓋ともとれるから、フラップと呼んでもおかしくないんじゃないだろうか。

「じゃあ」

もしかしたらテレビとは、現在どこの家にもある薄型テレビじゃなくて、ブラウン管テレビのことを指している？　あれなら奥行きがあるから上にグラスを載せることも難しくはない。形状がどうだったのかよく覚えていないけど、とにかく奥行きがあったことだけは確かだ。

うちのテレビが薄型になってから、もう十年近くがたつんじゃないだろうか？　うっすらと記憶に残る程度だ。

そこでわたしの思考は完全に袋小路に入る。だっておかしい。

未来のわたしが今のわたしに警告を送っているのなら、未来はもっと進んでいなくちゃならないはずだ。ブラウン管テレビや二つ折りの携帯電話は過去に存在していたもので、今ではほとんど目にしない。

まだたまに、二つ折りの携帯電話を使っている人は見かけるけど、一般的とは言えず、わたしの友だちにもそれを持っている子は皆無だ。

未来では、何かの理由でまたブラウン管テレビや二つ折りの携帯電話が復活しているんだろうか？　腑に落ちない。まるで釈然としない。

でもともかく、ノートの筆跡からは、怨念にも似た必死さが立ち昇ってきていて、理屈よりも強い感情で、今のわたしをねじ伏せ信じさせようとしているように思えた。

杉崎リューガを好きでいるのをやめて。あいつはさいてーさいあくの男、か。

未来のわたしは杉崎のことをそんなふうに思っている。今のわたしからじゃ想像がつかない。

〝セリは高二の時に杉崎への想いがあふれて告白をする〟
〝ふられて自分の想いに決別するために告白するはず〟

そうか、わたし、来年杉崎に告白するのか。

〝今のあなたなら、そろそろその考え、理解できるはずだよね〟

確かに、理解できるかもしれない。

誰にも打ち明けたことがないけど、中学一年から想っている。解放せずに心の瓶(びん)に閉じ込めた気持ちは、すでに発酵(はっこう)が進みに進んで膨らみきり、固く閉じた蓋を内側から押し上げ続けている。それが高校二年になる来年、ついに爆発するというわけか。

この手紙には、時間がない、なんて理由でその後のわたしがどんなひどい仕打ちを受けたのかは書いていない。でも、振られると覚悟して告白したにもかかわらず、杉崎のことを〝さいてーさいあくの男〟とまで言い切っているからには、いい形の振られ方じゃないんだろう。

最低最悪も漢字で書けないほど切羽つまっていたのか。

時間が限られていたのは事実だろう。でもそれだけじゃなくて、真実を書きたくなかったこともあるような気がする。

わたしが忠告に従って杉崎を好きでいるのをやめるなら、永遠にその事象は知らずにすむ。杉崎を、さいてーさいあくの男、とは思わずにすむ。知らなくてすむなら知らないほうがいいと、未来のわたしは慮(おもんぱか)ってくれたんじゃないだろうか。

そこでふいに、真剣に考え込んでいる自分がありえないほど馬鹿(ばか)げた存在に感じられてきた。

こんな怪奇現象は夢に違いない。理屈に合わないことが多すぎだ。寝不足のわたしはきっと、自覚している以上に疲れているんだ。寝よ寝よ寝よ！

わたしはお母さんが整えてくれたらしいベッドの上のタオルケットを勢いよくはぎ取った。

そこで廊下から、莉緒の笑い声が聞こえてきた。

莉緒！

はぎ取ったばかりのタオルケットが、手からするりと抜け落ちた。

メッセージに莉緒のことが書いてある。

ここまでの時間のことは、細部はともかくすべてが当たっている。このあと莉緒はテレビに激突して、上に載っていたグラスが落ちるんだ。流血するような大きな怪我をするのかもしれない。馬鹿げていると切り捨てたはずなのに身体は正直で、強烈な怖気に震えがおしよせてきた。

グラスを片づけなくちゃ！　そんなものはテレビに載ってはいないはずだけど、万が一ってことがある。

「莉緒っ」

わたしは自室から出て、声をあげながらリビングに飛びこんだ。

薄型のテレビは膝くらいの高さの白いテレビボードの上に設置されている。

「あ……」

「どうしたの？　おねえたん」

隣に来た莉緒が、わたしの制服のベストの裾を引っ張る。

テレビボードは、ベランダへの出入り口になっている大きな窓の脇に置いてある。

ボード上のテレビの横のスペースには、白いミニコンポが置いてあり、その上に写真立てに入った家族写真が大小いくつも並んでいる。ミニコンポの前には色違いのアロマキャンドルが三つ。そこに交じるように、薄く小さいグラスにミントを挿したものが置いてあったのだ。

「こんなとこに！　莉緒はそのまま動かないで」

わたしはその前にすっ飛んでいき、急いでグラスを回収した。

「お母さん！　こんなのここに置いといたら地震がきた時に落ちて割れるじゃない！」

お母さんはきょとんとした表情でわたしに視線を向けた。

「星莉、なにを突然。ここにベランダの植物を飾ってるのは、なにも今に始まったことじゃないでしょ？」

「そ、そうだけど。でも危ないからやめようよ。莉緒が走りまわって激突したら割れるもん」

「はいはい。あんたは相変わらず莉緒のことになると心配性よね」

「あーっ」

お母さんと莉緒のことを話している時に、舌ったらずの嬉しそうな声が響き、わたしはぎょっとした。

莉緒！　予感のようなものが胸を貫いて振り返った時、莉緒はこっちに向かってすごい勢いで駆け出していた。

「みて！　みーくんがきてるの」

　みーくんとは隣の家が飼っている猫の名前だ。たまに隣とのベランダを隔てるパネルの下をすり抜け、うちのエリアまで入ってきてしまう。

　よほど嬉しいのか莉緒は足をあわただしく動かして突進してくる。そしてテレビ横のベランダへの出入り口付近まで来ると、大きくバランスを崩した。

「莉緒っ！」

　莉緒の小さな身体（からだ）が傾く。そしてテレビ画面に頭を打ちつけた。かなりの音がし、莉緒は声もあげずに仰向（あおむ）けにひっくり返った。目を閉じたままぐったりとしてみじんも動く様子がない。

「莉緒っ莉緒っ」

　わたしはパニックに陥り、倒れた莉緒の身体を支え上げようと、持っていたグラスを乱暴にテレビボードに置いた。

「星莉、頭を打ってるから動かさないで。今救急車を呼ぶわ」

「お、お母さん」

「大丈夫よ、これくらいなら心配ない」

　さすがに二人子供を育てているお母さんは冷静だ。ポケットからさっとスマホを取り出し、電話をかけ始めた。

うちはお母さんが車の運転ができず、お父さんはまだ帰っていない。迅速に安全に、頭を強打している莉緒を病院に運ぼうとしたら、救急車を呼ぶのが一番確実だ。

救急隊員がうちに到着して担架に乗せる段になり、莉緒はようやく意識を取り戻した。頭を打ったショックで一時的に気を失っていたらしい。

わたしは生まれて初めて救急車に乗った。寒気がすると思ってふと自分の腕に視線を落としたら、一目でわかるほど見事な鳥肌が立っていた。

莉緒は病院についてから、お母さんに抱かれて夜間待合室にいる間、看護師さんの用意してくれたステンレスの膿盆の中に、何度ももどしてしまった。

ドアが開き、莉緒の名が呼ばれる。

二十代後半らしい若い医師は、莉緒を抱きかかえて椅子に座るお母さんと、その隣に立つわたしを交互に見つめ、微笑んだ。

「脳震盪を起こしているんですね。意識ははっきりしているので心配はないと思いますが、頭ですから四十八時間は注意が必要です。明日、少しでも気になることがありましたら、すぐ病院に連れてきてください。レントゲンを撮りましょう。ＭＲＩは予約制なので、昼の担当医が緊急と判断した場合になりますが」

帰りは三人で病院の前に待機していたタクシーに乗り込んだ。

「大丈夫だとは思ったけど、頭って心配よね」

まだ莉緒を抱いたままのお母さんが、緊張の解けた表情でわたしのほうを向く。

「おかあさーん、おねえたん、リオ、きゅうきゅうしゃにのったって、あした、じまんするー」

「これくらいはっきりしゃべれて元気なら問題ないよね？　お母さん」

「そうね。もう吐き気もないみたいだし。でも明日は幼稚園を休ませて一応レントゲンを撮りに行くわ」

「うん。やっぱり頭は心配だよ」

お母さんもすっかりいつもの状態を取り戻していて、運転手さんに断ってからスマホを取り出した。お隣の家に、まだ猫が戻っていないならうちのベランダにいる可能性があることを伝えていた。

充分冷静に見えたお母さんだけど、不安はぬぐいきれずにいたんだろう。隣の猫のことにまでは頭がまわらなかった。

わたしも、莉緒の容態に別段心配がないとわかると、二人から視線を外し、窓の外の流れていく闇を凝視した。

否が応にも、机の上にあった警告メッセージを綴ったノートのことを思い出してしまう。


〝夕方、リオが転んでテレビにゲキトツ。上にのってたグラスが落っこちて流血――〟


「現実に起こった……」

「なんか言った星莉？」

「ううん、なんでもない」

これが警告ノートで指摘されたグラスのことかも、と思ってわたしがテレビボードに飾ってあったそれをどかした直後に、莉緒はテレビに激突した。〝上にのってたグラス〟とはテレビの上じゃなくてテレビボードの上、という意味だったんだろうか。なんせ、急いで書いたことが一目瞭然の文章だった。やっぱりテレビの上だなんておかしい。

でも。でももしもあの時、わたしがグラスを回収しなかったら、莉緒に、流血を伴うようなさらなる悲劇は起こったんだろうか？

そうは思えなかった。莉緒がテレビに激突した時、その振動でテレビボードの上のコンポに置かれた写真立てはいくつか倒れた。でもコンポの下までそれは落ちなかったのだ。

コンポの前に並べられたアロマキャンドルに被害はなかった。キャンドルは背の低い三角すいだったから安定していたんだろうけど。

キャンドルと一緒にグラスがあったら倒れただろうか？　不安定な形のグラスじゃない。グラスと、莉緒のぶつかったテレビ画面とは距離がある。なんといってもテレビボードが低い。グラスが直接莉緒の上に落ちることはなかったに違いない。

じゃあ、あの警告ノートが示すように本当にテレビの上にグラスがあったとしたら？たとえそれが薄型テレビより安定のいいブラウン管テレビだったとしても、直接ぶつかれば振動は大きい。上に載っていたグラスの位置によっては莉緒を直撃してもおかしくはない。なんせすごい音がしたから。

……まさかね、やだもう。こんなことを考えるのはやめよう。

わたしは流れる景色から、お母さんの膝の上ですうすうと寝息を立てている莉緒に視線を戻した。

莉緒、顔に傷がつかなくてよかったね。

あどけない莉緒の寝顔。やわらかくて色素の薄い幼児特有の前髪をかき上げながら、わたしは静かに目を閉じる。

目を開けると、莉緒のつるりとした額の一点にわたしの視線は吸い込まれていった。驚きに目をみはる。

髪の生え際に、真新しい小さな縫い傷があったのだ。莉緒、こんな傷あったっけ？　いつ、作ったんだろう。

「……お母さん」

「なあに？」

「あのさ、莉緒の……」

「ん？」

「いいや、やっぱりなんでもない」

「何よ。変な子ねえ」

わたしはまた窓のほうを向いた。思考は流れるようにあのノートに戻っていく。

わたしに信じてもらうためにいくつかのこれから起こる事柄を書いておく、とあのメッセージの送り手、未来のわたしかもしれない存在は語っている。詳細は違うにしても、ほぼ同じことが起こっているんだ。なんの超常現象なのか知らないけど、あのノートはわたしの味方だ。わたしを真剣に助けようとしている。守ろうとしている。

わたしはあのノートが存在しなければ、来年には杉崎に告白をして、そして振られるんだ。振られるとは書いていないけど、それ以外の結果は考えられない。しかも振られるだけじゃなく、どうやら地獄(じごく)が待っているらしい。

だからあのメッセージの送り手、未来のわたしはそれを回避しようとしてくれている。

脳裏にひとつの文章が、発光するように浮き上がっている。

忘れないでセリ。二十四時間側にいて、自分を守ることができるのは自分だけだということを。

たぶんわたしが最初に杉崎を意識し始めたのは、中学一年の三学期だった。その頃、わたしと杉崎は一年五組のクラスメイトだった。
一年五組は六クラスある進学クラスの一番上。つまり、中学受験の時にあと一歩で特進選抜に入り損ねた生徒の集団だった。二年のクラス替えでは巻き返して、特進選抜の、せめて四組に食らいつこうと裏では目の色を変えて勉強に励んでいた生徒が何人かいた。みんなおおっぴらにはしないけど、それはなんとなく雰囲気で伝わる。
そんな中、不良じゃないけど真面目からもほど遠い杉崎は、なぜか九組や十組に仲がいい子が多く、試験前でもふだんと変わらず全力で遊んでいた。

十組にいる山室くんが、小学校までやっていたリトルリーグの仲間だったらしいから、その関係かもしれない。あと同じバスケ部で親友の立川和樹は八組、九組をいったりきたりだった。

中学時代、わたしと立川は同じクラスになったことはない。でも高校一年の現在、立川とわたしは同じ六組で一学期は隣の席だった。今はわりと仲がいい。

立川はお調子者で声が大きくうるさい反面、ヒエラルキーにかまわず誰とでも分け隔てなくしゃべるタイプだ。だからわたしみたいに華やか女子とはかけ離れたタイプの子にも、席替えで隣になった直後から、休み時間、授業中問わずどしどし話しかけてくる。結果、わたしたちはすぐに打ちとけた。

うちの学校は模試から定期テスト、日ごろの小テストまで全部順位の貼り出しがある。杉崎の順位は、進学クラスの中でずば抜けていたわけじゃないけど、片手の指の数より落ちることはなかった。一位と僅差の二位だったことも何度もある。

にもかかわらず、杉崎は試験前でも、勉強から遊びに比重が移った生徒たちとつるんで出歩いていた。それをかっこいいと見る生徒もいれば、かっこつけやがって、と疎んじる生徒もいたらしい。噂で何度か耳にした。

確かに試験前に出歩く生徒の行動は派手で目立つ。六つある進学クラスでトップレベルの杉崎がそうしていれば、地頭がいい、をアピールしたい系統の生徒だと思われても仕方がない。そういう子に育っちゃったとは意外だったな、とも感じていた。子供同士で遊んでいたのは小学校の低学年までだ。

でも隣の席になってその印象ががらりと変わった。

うちの中学には、勉強時間を記録して毎日担任に提出する計画帳なる物体が存在する。友だちの手前、実際より勉強時間を短く申告したり、または人に見せたがらない子も多い中、杉崎はそれを無造作に開きっぱなしで机の上に置いて平気で席を立つ。

反対隣の席の子が、そんな杉崎の態度と彼の計画帳の両方を、首をかしげて眺めていたのを覚えている。

テストの二日前くらいの朝だったはずだ。八組の立川が、杉崎の席まで遊びに来ていた。その立川が回収前の杉崎の計画帳を勝手に開いて見ていたのだ。

「うわっ。颯河、お前こんなに勉強してんの？　寝てねえじゃん」

「あたりめえだよ。お前らはいいよな。遊んで帰って寝るだけだろ？　俺なんか昨日あのあと、朝まで勉強したんだぜ」

「げっ。マジで？　昨日はけっこうなガチだったよなー。つーか、五組の連中って計画帳まじめに提出してんのか？」

「おお。これ、ちゃんと使うと無駄省きのために役に立つわ。な？　星莉？」

杉崎は立川から計画帳を奪い返すと、それをわたしのほうにつきだし、話題をふってきた。

受け取ったわたしはそれを二度見した。恐ろしいくらい杉崎の勉強時間は多く、代わりに睡眠時間は少なかったのだ。

「えっ！　なにこれ杉崎、死ぬよこれじゃ、過労死するよ」

「なんか俺、やたらと眠りが深いみたい。あと体力も人よりあるみたいよ？　勉強時間、五組で一番多いかもな」

屈託のない表情で計画帳を振りかざした。

「いやいやばいって。寝たほうがいいよ、ほんとに」

「寝たら成績落ちるもん」

「なんてまっとうな答え……」

杉崎は、人に隠れて勉強するタイプじゃない。それどころか、勉強時間を人に隠すという概念がない。ここまで自分を飾らない人を目の当たりにし、鈍器で殴られたような衝撃があった。それがひたすらまぶしかった。

きっとそれは、わたしが持っていない素直という名の強さだったからだ。

たぶん、そのあたりから杉崎はわたしにとって、誰も踏み込めない特別な場所にいる存在になった。

中学一年、恋を知らなかったわたしは、自分の感情にどこまでも鈍かった。

部活もやって不良仲間と遊んで、その上で勉強も非常によくやった杉崎だけど、進学と特進選抜の壁はやすやすとは越えられず、中学は三年間、わたしと同じ五組だった。

その間、何度も何度も何度も席替えはあったのに、あれ以来、中学が終わるまで、ついに一度も隣の席にはならなかった。

それなのにいつの間にか杉崎を目で追っている。その頻度は着実に増えていく。自分でストップをかけようともがけばもがくほど、蜘蛛の巣にからめとられる羽虫のように身動きがとれなくなっていった。

杉崎が男女ともに人気があることはわかっていたし、自分が男子の話題に上るような女子じゃないことも充分承知していた。杉崎とこんなに気軽にしゃべれるのは、わたしたちが一応は幼なじみだからだ。

けれど年月は着実にわたしと杉崎の間に降り積もっていった。

杉崎にいまだにわたしを星莉と呼ぶ。でもわたしのほうは、小学校の低学年までは颯河と呼べていたものが、いつの間にか杉崎、としか呼べなくなっていた。

もうわたしたちは同じ舞台の上にいない。だからわたしは自分の気持ちに気づかないふりを続けて、この熱風がいつか去ってくれることを、身を縮めてただ願う毎日だった。

でも、ただ待っていてもそんな日は来ないと知る出来事が、中学三年の終わりに起こってしまった。


杉崎の親友で八組のバスケ部員、立川和樹が、素行不良で高校への進学審議にかけられることになったのだ。それは一月の終わりのことで、発表になったのが高校の一般入試の直前だった。

もちろん中高一貫校であるうちの生徒は、よほどの成績不振者か、外部を受験しようと考えている生徒以外は、高校受験の準備なんかしていない。希望ケ原高校に進学できなかった場合はどうなるのか、それこそ考えたくもない事態が待っている。

誰もがありえないと耳を疑い、わが身に置き換えて身震いした。

どうやら立川は、八組の担任の佐古田るみ先生と激しく折り合いが悪いらしく、進学審議にまで持ち込んだのは佐古田先生の意向だったらしい。

立川は髪を染めているでもなくピアスの穴を開けているわけでもない。授業中のスマホ使用で没収されたことさえないらしい。

しかもその頃に聞いた杉崎の話では、勉強もすごくがんばるようになったらしい。模試の点数も上がっていた。

それではなにが理由なのかというと、授業態度が悪い、授業中著しく騒がしい、いわゆる授業妨害らしい。それが学年を駆け巡った噂だった。

確かに立川は並外れてうるさい。猿か！　ってくらいうるさい。今でさえそうなんだから、中学の時はさらに騒がしかったんだろう。

でもうるさい生徒なんていくらでもいる。尾ひれがついたかもしれない噂の中には、立川が面と向かって佐古田先生の悪口を口にしていた、というものもある。

それが本当だとしても、そんなことで？　と感じてしまう。高校に上がれないなんて一生を左右するような大問題だ。今まで厳重注意すらなかったんだからまさに青天の霹靂。

結局力ではかなわない子供を、大人の権利を振りかざして押さえつけているようにしか見えなかった。

中学三年、まだおぼろげにしか立川を知らなかったわたしでも、そのニュースは衝撃だった。

でもうちの学年の生徒には、杉崎がそこでとった迅速な行動のほうが、さらに衝撃だったに違いない。少なくともわたしはそうだった。

杉崎は学年ラインを通じて署名を募った。職員会議が開かれる前にできるだけ多くの署名と、立川の長所を詳細に綴った用紙を集めようと駆けずり回り始めた。主にバスケ部の仲間がどんどん賛同して動き始め、学年全員に近い人数の署名を集めたんだと思う。

立川は学年のムードメーカーで、学校行事も主催にはまわらないまでも、盛り上げ役としては充分活躍していた。署名も集まりやすかったんだろう。

あの時期、日に何度も遅い時刻まであわただしく自宅を出入りする杉崎を目にした。

クラス委員に選ばれることを面倒くさがり、「責任感とかマジ無理」と鬱陶しそうに眼をふせていた杉崎からは想像のできないフットワークの軽さだった。

わたしは自分の名前や立川の長所を書くだけじゃなく、何かもっと力になれることがしたいと、歯噛みする思いで格子門を出入りする杉崎を見つめていた。勇気がなくて、手伝わせて、と申し出ることすらできなかった。

その頃はまともに話したこともなかった立川の長所を、頭をひねりまくって提出用のレポート用紙の上に絞り出すくらいしかできることはなかった。

職員会議で立川の高校進学が正式に決定した。

それは土曜日の午後だったにもかかわらず、立川和樹のクラス、三年八組に、バスケ部員や同クラスの子を中心とした二十人近くの男子が集まっていた。当の立川は職員会議にかけられるまでの数日は、自宅謹慎でそこにはいなかった。

わたしは、たまたまをよそおって廊下で女子としゃべっていた。意外とそういう子が多く不自然じゃなかった。

学年主任の先生が立川の高校進学が決まったことを伝えに来た時、教室は興奮状態の歓声に包まれた。あちこちでハイタッチし合う男子たちを、窓から差し込む朱い夕陽が染めている。歓声に交じって、校庭から届く金属バットのキーンという音が、さながら祝砲のように響いた。

先生が去っていくと、杉崎が窓辺で校内では禁止されているはずのスマホを取り出して、どこかに電話をかけ始めた。窓わくに片側の肩を押しつけてよりかかり、スマホを耳に当てて口もとをほころばせる。夕陽に色づく横顔は充足感に満ちていて、神秘的ですらあった。

杉崎は他の子がハイタッチを求めてくればスマホを持つ手とは逆の手で応えたし、目が合った誰かとフハハと笑い合うこともあった。

仲間と同じように喜んでいるはずなのに、興奮さめやらない教室で、杉崎の立つ窓辺だけが隔離された空間のように静謐(せいひつ)だった。

わたしは、たぶんこの時に負けを認めた。この気持ちは、なにもせずに消え去っていくのを待っていても、絶対にそうなってはくれない。

第二章　百パーセントの未来についての考察

　次の日、莉緒(りお)はお母さんに連れられて脳外科を訪れ、レントゲンを撮った。結果は問題なくマル。救急車で運ばれてから、二週間たったけれど何も起こらない。もう心配はないはずだ。

「お母さん」

　わたしは学校からまっすぐ帰ってきて、リビングで莉緒の相手をしていたお母さんの前に膝(ひざ)をついた。

「なあに？　星莉(せり)。そんなあらたまって」

「わたし、塾に行きたいんだけど、無理かな？」

「え？」

「中学から私立に通わせてもらってて学校の勉強についていくのもやっと……の状態だったんだけど、上のクラスに行きたいの。それも特進選抜じゃなく、一番上の特待」

「はい？」

わたしがそこまで勉強熱心な生徒でもなかったから、お母さんはいきなりの申し出に面食らっている。

「塾費用、けっこうかかるのわかる。でも特待に入れれば、学費は免除になるから」

「そりゃ……。特待どうのということより、そこまで星莉がやる気になってくれたのは嬉しいわよ？　お父さんも前から塾は通ったほうがいいって言ってたし」

「考えてる塾があるの」

「どこ？」

わたしは用意していたパンフレットをお母さんの前に差し出した。全国展開している大きな予備校だ。

「ここなんだけど」

わたしの出したパンフレットを見てお母さんはあからさまに眉根をよせた。

「お母さんの時代にはこういうのってなかったからわからないんだけど、どうなの、これって。こういうのでやる気って出るものなの？」

わたしが出したヒタチゼミナールのパンフレットには、映像授業の説明が書いてある。有名講師がビデオの中で授業をし、生徒はそれを見ながらノートを取って理解する。わからなかった箇所は止めて何度でも繰り返して聞ける。

わたしだって知らなかった。警告ノートの片隅に「じゅくヒタチ」と走り書きがあったのだ。その文字から、大手予備校のヒタチゼミナールのことだと思った。

「正直やったことがないからわかんない。でも——」

「お母さん、他の、ちゃんと先生が教壇に立って授業するところも検討してみたほうがいいんじゃないかと思うわよ？　星莉まだ一年でしょ？　なにもそんなにあせらなくても」

「ダメなの。入りたいの！　どうしても特待に！」

「星莉……」

「お願い！　お願いお母さん」

〝杉崎とのせっしょくをまず絶って！　杉崎は来年、クラスが落ちセリと同じ六組になるはず。同じクラスにならないようにセリは一番上の一組に上がってほしい〟

あの警告ノートにあった文章だ。

わたしは、杉崎をきっぱり諦めることに決めた。

あのノートに書いてあったことは、細部は違えどすべて現実になった。第一わたしが杉崎を好きだということは、誰にも打ち明けたことがない。それを前提にアドバイスをしているあのノート。信じる以外にどんな選択肢があるんだろう。

二十四時間自分を守れるのは自分だけ。あのノートにあったことはその通りなんだ。わたしがわたしを大事に思い、守らなければ、いったい誰があの教室でわたしを守ってくれるというんだろう。

来年、杉崎は六組に落ちるのか。確かに最近の杉崎の部活後の遊びっぷりを見ていると、納得できる。

素美(もとみ)のスマホのプリクラや莉緒のテレビ衝突事故を顧みても、なにやら多少の食い違いが、未来と現在には生じてしまっているみたいだ。万が一、杉崎が進学クラスに落ちてこなかった時のことも考えて、わたしは特進選抜じゃなく、その上の特待に入ろうと決めた。

未来のわたしも一番上の特待に上がれ、とアドバイスしてきている。そのアドバイスには、もしかしたら他の意図も含まれているんじゃないだろうか。

特待の一組だけが新校舎でも旧校舎でもなく、少し離れた新築の事務棟に教室がある。特待クラスは毎年二十人前後しかいないのだ。

そしてたぶん、事務棟だけ場所が離れているせいで、他クラスとの接触が著(いちじる)しく少ない。特待に入ることは杉崎と離れる一番の近道なのだ。

あと半年でどうにかしなくちゃ、この学力。無謀なことは百も承知だ。

「お母さん、あのね。この映像授業ならね？　もっと先を学びたいと思えばどんどん自分のペースで進めちゃうんだよ。ひとりひとりに合わせた受講設計だからさ」

クラス編成には模試の結果も考慮に入る。レベルによって中間、期末の試験問題が違ううちの学校で、進学クラスから特待にひとっ飛びするには、同じ問題を解く全国模試で圧倒的な偏差値を叩き出すしか道がない。

「……星莉、爪、伸ばしてるの？」

いつの間にかお母さんは、パンフレットを挟むわたしの指の爪を凝視していた。

「え？」

「そんな爪、してたっけ？　透明ネイルもしたの？」

「……あ、うん。もう高校生だし、ちょっとは女の子らしくしようと思って」

「そうか。そうだね」

「髪もね、縛らなくていい程度の長さまで切ろうと思ってるの。もう美容院も決めてある」

「美容院を決めてある？　え？　いつもお母さんと切ってるとこじゃなくて？　他で切るってこと？」

「うん。お年玉使ってもいい？」

ネットで検索して人気の美容室をいくつかピックアップしてある。いつもと同じところじゃ、いつもときっとたいして変わらない。

「いいわよ。そうね。星莉ももう年頃だもんね」

「ありがと、お母さん」

楽しい青春を送ってほしい、とあの警告ノートに書いてあった。

きっとそれは正しい。あの時ああすればよかったと、わたし自身の後悔からくる希望なんだ。見ててね、未来のわたし。勇気を出してやりたいと思うことは実行する。

まだ起こってもいないし詳細も知らない、杉崎がわたしにしたひどい仕打ちとやら。あの警告を受けて、恋い焦がれる相手をいきなり最低最悪認定することに対する違和感も、完全にぬぐいきれているわけじゃない。

だからこそ忘れよう。要は離れてそのまま近づかなければ何も起こらないということだ。わたしの身に地獄は起こらず、同時に杉崎を最低最悪だなんて思わずにすむということだ。

わたしは雑誌に載っている有名な美容院で、高い指名料を払って髪型を変えた。肩より長い変形セミロング。控えめカラーでほんの少し明るく軽くなった髪を、まだ夏の匂いの残る風がさらってゆく。

ヘアスタイルを変えたりスカート丈を短くすることで、まずは形から入る〝楽しい青春〟。正直、たったこれだけのことなのにくじけそうになるほど勇気がいった。でも心配していたよりずいぶんすんなりと、自分自身もまわりも新しいわたしに順応したように思う。

お父さんは塾通いを難なく許してくれた。

塾に行かせてもらえるようになったわたしは、特待目指して猛烈に勉強を始めた。机の上に置いた卓上カレンダーに、いくつかグルグルの赤丸をつける。うちの高校が参加している全国模試の日づけだ。

映像授業は講師が生徒の前で行う授業と違って、眠くてうとうとしていても、机を指でコツコツ叩かれたり、椅子(いす)の脚(あし)を蹴(け)っ飛ばされて起こされたりはしない。そのかわり、やる気になれれば進みたいだけ進めるという、今のわたしにとっては決定的な利点があった。

部活を挫折して辞めていたわたしは、時間だけはたっぷりあったのだ。

くじけそうになるとわたしは、警告ノートを開いて未来の自分からのメッセージを読んで自分自身を奮(ふる)い立たせた。今までは習い事でもなんでも挫折挫折の繰り返しだった。でも今度こそ、絶対に挫折しない。挫折できない。

〝地獄は嫌〟。自分の身は自分でしか守れない。

面白いほど順調に成績は伸び続け、高校一年最後の全国模試で、わたしは学年九位という驚異的な数字を叩きだした。

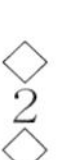

「星莉、ここんとこすごく成績上がってたから、絶対、特進選抜に入ってるよね。うー、同じクラスじゃなくなるのつまんないなあ」

今日から二年生という新学期。高校の最寄り駅で待ち合わせをしていた素美と一緒に登校する。

「これだけがんばったから進学クラスのままだと正直凹(へこ)むな」

「だよねえ」

「もしほんとにみんなとクラスが替わることになったら、それはそれで凹むんだろうな、寂しくて」

「複雑なわけね、二年生クラス発表前の星莉」

おおぶりのキャラクターがいっぱいついたスクールバッグを肩から提げて、高校までのなだらかな坂道を上がる。

「なんだか星莉、すっかりあか抜けちゃって。いきなりのキャラ変で恋でもしたんだ！って噂だよ？」

「流行に乗るのもすごく楽しくない？　こないだのテーマパークとか」

「うんうん！　超楽しかった！　また双子コーデして遊びに行こうよ。てゆうか、やっぱり誰か好きな人ができたんでしょ？　最近の星莉、流行にも敏感だし……なんか変な感じ」

「やっぱり……変？」

「いや、急に変わったのがね。かわいくはなってるよ。でもぶっちゃけ、好きな人はいるよね？　だからおしゃれ方面もがんばってるんだよね？」

それは確かなんだけど目的は逆。

杉崎を忘れる。今までの地味キャラ脱却。青春謳歌。非常に前向きな決意だと思う。

だけどその決意に反した変な空回りも多くて、家が近いわたしと杉崎は何度も一緒に登校するはめになっている。杉崎の朝練がない日は、なるべく登校時間がかぶらないように、すごく早くに家を出るか、だいぶ遅くに出発するようにしていた。それなのに、異常な頻度で杉崎と通学路や駅で遭遇する。決心したとたんにこんな仕打ち、神様の意地悪だ。

家が近いのだけは如何ともしがたい。それならせめて少しでも二人でいる時間を減らしたくて、素美と高校の最寄り駅で待ち合わせをしてもらうことにした。この時間帯が一番、可能性が高いのだ。

希望ケ原高校の生徒が通学電車をよく使う。杉崎が車内にいたとしても彼の友だちもいる
「星莉ー、星莉星莉、大変だよー」

校門から転がり出る勢いで珠希がこっちに向かってきた。

「どうしたの、珠希？」

転びそうになった珠希の腕を素美が支えながら聞く。

「星莉が！　星莉が！」

珠希は転びそうになっているのではなく、腰を抜かしかけているらしい。

「わたしがどうしたの？」

「特待クラスに入ってるんだよ！　今まで特待のメンバーなんてほぼ固定だったのに、意外なダークホースでもう校内騒然。六組からいきなり特待の一組だよ？」

「ほ……ほんと？　ねえ珠希、掲示、どこでやってたっけ？」

「校門入ってすぐのところにある掲示板だよ」

「ちょっとごめん。わたし見てくる」

わたしは道路に素美と珠希、二人を置き去りに猛烈な勢いで駆け出した。道路のわずかなデコボコにつんのめって転びそうになる。

「あっ、星莉ー、なんとねーダークホースはあんただけじゃなくてねー」

まだ珠希が後ろでなにか叫んでいたけど、もうわたしの耳には入ってこなかった。

本当だったんだ……。

わたしは特待クラスである一組の掲示に自分の名前を見つけると、叫び出さないように両手で口もとを押さえた。

成績がせめぎ合っていたのか今年は二十人じゃなく二十二人になっていた。

もと一組の、ほぼ変わらないメンバーの中に飛びこまなくちゃならない。不安は大きいけど、きっと友だちはできる。毎年数人の入れ替わりはあるはずだし、いつもより人数が多いんだから二組から上がってきた人がいるはずだ。願わくば女の子でありますように……。

そこでわたしの耳に知った名前が飛びこんできた。

「ありえないよね。立川和樹(たちかわかずき)って確かもと六組だろ？　一組以外の生徒を僕は知らないけど、あの人は有名だよね。高校進学の時に進学審議にかかった生徒だろ？　そんなのが一組に入るってどうなんだ？」

ん？　と、不審に思って、隣で妙にテキパキとしゃべっているどっしりした体格の男子のほうを向いた。今、立川和樹って言った？　立川？

「めちゃくちゃだな。もと六組ってただの進学クラスだろ？　そこのやつが二人も入るってどういうことだ？」

「二人いるのか？　立川和樹の他にも？」

「誰かがそう言ってたぞ。ほんとかどうか知らないけど。知らない名前の女子がいる」

テキパキ男子の隣にはインテリふうの銀縁眼鏡男子がいて、その子と話をしている。

六組の二人というのは立川の他にはわたしのことだろう。

立川が一組に入った？　それはわたし以上の奇跡に思えた。

確かに立川は中三の頃は熱心に勉強したらしく、あんな騒動があったのに中学時代の八組から、高校一年の時は六組に上がってきた。

わたしはもう一度掲示板に視線を戻した。知っている人がいるなんて思いもしなかったから、自分の名前以外は視界に入っていなかった。でも立川が一緒なら少しは気が楽――。

「嘘(うそ)……」

わたしの思考はそこで凍りついた。一組の掲示板にあるはずのない名前に、視線が釘付けになった。

杉崎颯河(りゅうが)。

なんで？　どうして？　杉崎は遊んでばっかりで成績が悪くて六組に落ちてくるはずだ。だからわたしは血のにじむような努力をした。その結果、六組から、他クラスと離れた事務棟にある一組に入れたのに。

どうして？　どうして？　どうして？　まさか未来が変わってしまった？

「星莉、同じクラスじゃん。よろしくなー」

口を半開きにして茫然と掲示板を見上げるわたしの後ろを、気負わない声が通過する。杉崎だ。

「おっ。マジ椛島がいてよかったー。つか和樹が一組で一緒ってなんだ、その冗談」

おずおずと振り向くと、すでに杉崎は男子数人と固まって話しだしている。最初に声をかけたのはバスケ部の子らしく、そこからまたたく間に交友関係を広げている。うらやましいほどのコミュニケーション能力だ。

悲しいかな、こんな時でも身についた杉崎分析に走ってしまう傍ら、ばかな！　ばかな！　ばかな！　とパニックを起こし、頭を抱えて座り込みたい気分になっていた。

その日、わたしは事務棟にある二十二人しかいない特待教室に初めて入った。新校舎や旧校舎にある教室より少し小さい。だけど真新しくてきれいだった。

「今年度は今までになく入れ替わりが多くて、みんながんばったんだなあと、僕も感慨深く……」

みたいなことを担任になった学年主任の阿部先生がにこやかに話していた。

もと一組ではない、下のクラスから上がってきた生徒は、なんと六人もいた。阿部先生は数学の担当で一年の頃お世話になった先生だ。気さくな性格で、生徒にも人気がある。担任が阿部先生でよかった。

新しく一組に入った六人のうち、わたしを含めた三人が女子だった。わたしの他は二人とももと二組でお互いに面識がある。面識はあるけど、常時仲良くしていたいわゆる、いつメンだったわけではないらしい。

これからよろしくね、に近い感覚で、新参者の女子三人は当然のようにＨＲ前に自己紹介を終えていた。

もと二組だった子は女子が伊藤琴音ちゃんと三森杏奈ちゃん、男子は田所くんという子で中学の頃から模試で上位にくる常連だった。

三人とも中学は三年間、一組、二組をいったりきたりで、もと一組の子たちも、おかえり、と片肘張らない雰囲気だ。わたしもその三人の名前くらいは知っていた。

そして杉崎と立川は、勉強とは違う意味で変に知名度が高かった。高校の進学審議にかけられた立川とそれについての署名を全校に募った杉崎。名前の校内認知度が生徒会長なみだ。

それに比べ、誰だこいつ、と圧倒的な注目を集めているのがわたし。最後の全国模試は貼り出しが間に合わず、わたしが学年で九位をとっていたことは誰も知らない。

……杉崎と立川も最後の全国模試の偏差値が、相当に高かったということか。知り合い三人がいくつもクラスを飛び越えて特待入り。そんなこともあるんだと、奇妙すぎて気味の悪ささえ感じた。

ともあれ新しいクラスで仲良くなった琴音ちゃんとも杏奈ちゃんとも、うまくやっていけそうでひとまず胸をなでおろす。

だけど、杉崎が一組にいる。とてつもなく動揺していることに変わりはない。

その日は授業がなく、簡単な自己紹介と席を決めただけで終礼になった。


「杉崎と一緒だなんてわけわかんない」

帰りに素美と珠希と寄ったドーナツ屋さんでわたしは不平不満を並べ立て、コーラの紙容器についている蓋をむしり取ってストローで氷をさらに細かく粉砕していた。

「そこで落ち込むんだ？　星莉もわかんない子だよね」

珠希が含み笑いの表情で覗き込む。

「そんなことないよ」

「でもって杉崎もさ、なぜか星莉のことをよくかまうよね？　星莉って名前で呼んでるし。けっこうタマキ、不思議だったよ」

「家が近いの。一応、幼なじみなんだよ。それに、それを言うなら人懐っこい立川もそう呼んでるよ」

珠希の突っ込みに、立川のことを引き合いに出しながら平静を装って答える。

「……言っても、いいかな？　わたし、正直、星莉って杉崎のことを……なんだと思ってた」

「…………」

声をひそめてささやかれた素美の言葉はさらにわたしを動揺させ、息が止まるかと思った。素美にも見抜かれている？

「なんだか星莉、杉崎と離れよう離れようとしてるよね。わたし、星莉が特待クラス目指してやたらがんばってるのはそのせいかと思ってた」

「いや……」

「星莉が辛くて出した結論なら、それもいいのかもしれないね」

「別にそういうわけでもないんだけどね」

素美は毎朝わたしと駅で待ち合わせをして学校に通っていた。だから、たまにわたしが杉崎と同じ電車で通学していることを知っている。わたしと杉崎のその時の態度を見ていて、感じるものがあったのかもしれない。

親友の素美も、いや親友だからこそ、そこでがんばってみなよ、とは言わない。わたしと杉崎じゃ、つりあわないことは誰の目にも明白だ。それよりわたしが辛い思いをしないように、とそう考える。

あんなに一心不乱に勉強したのに同じクラスになってしまった。わたし、どうなってしまうんだろう。どうすればいいんだろう。

素美と珠希と別れてから自宅に帰るまでの道すがら、持て余すほどのため息が止まらなかった。


「ねえわたし、キミを信じて勉強したんだよ？　それなのにこの仕打ちってどうなのよ？」

お風呂上がりの就寝前、わたしは机に向かい、件の警告ノートを開いて文句を言ってみた。最初に文章を見つけた時とまったく変化なく、現在のわたしへの警告がそこにはつらつらと綴ってある。

こういう場合、映画だと未来のわたしに聞いてみると返事が来たりする。

イギリスの有名なファンタジー小説に出てくる日記帳のやり取りを思い出しながら、わたしは未来の自分を問い詰めてみることにした。シャーペンを取ってノートの一番下に書きつける。

〝話がぜんぜん違いませんか？　わたしがんばって特待クラスに入ったのに、杉崎まで同じクラスにきちゃいましたよ〟

返事が来ればいいのに、と半ば祈りながらノートを凝視する。

「未来が変わったんなら、仮に告白しても地獄を見ないってことですか？」

ノートを未来の自分だと仮定して回答を求める。腕組みをして恥ずかしくも独りごと。もちろん答えが返ってくるはずもない。

途方にくれて唇を突き出し、ノートを閉じかけたわたしは、文章の終わりのほうで、そこだけ気合いを込めた漢字らしきものが浮いているのに気づいた。最後から数行は文字が薄すぎ、ミミズがのたくってつけた跡のようで、ほとんど読めない。激しく動揺していたこの謎のメッセージ発見当初、わたしは解読不可能な部分はスルーだった。

気力の塊がどうにか文字の形を成させているような、そんな執念じみた漢字をそのあたりに発見したのだ。

〝虚〟

次の字が薄すぎて読めない。でも何か二文字の漢字だ。あとは。

〝二人〟

だろうか。そして。

〝文化祭まで〟

これは〝文化祭まで〟で間違いないと思う。

文化祭とはどういう意味だろう。

この警告ノートを見つけた日が、一年の二学期の初日、九月の何日かだった。夏休み中はどこのクラスも文化祭の準備に奔走(ほんそう)していた。そして始業式から二週間くらいで文化祭は決行された。

文化祭までにわたしは何らかの行動を起こさなくちゃいけなかったんだろうか。

重要な意味があるのかもしれないこの〝文化祭まで〟の言葉に、わたしは気づかずその時期を通り越してしまったんだろうか？

〝虚〟〝二人〟〝文化祭まで〟

読めない。未来からのメッセージならメッセージらしく、ちゃんと時間をかけてわかりやすく説明してほしい。

わたしは、ふだんは使わない雑記帳的なこのノートを、あえてもとの場所に戻さず開きっぱなしのままにした。

六組に落ちるはずだった杉崎は一組に上がってきた。わたしが変わろうと試みたことで、未来のわたしが経験した最悪の成りゆきとは違う流れが生まれ始めたんじゃなかろうか、と淡い期待が湧き上がる。起こるべき地獄を回避したということだろうか。

いくら考えたって想像の範ちゅうを出ることはない。

わたしは電気を消してベッドに入る。ベッドの中で、自分の口もとが泣き笑いのような形をしていることに気づき、布団を鼻先まで引き上げた。

杉崎と、明日からまた同じ教室で過ごすのか。

雑誌に載っていたカリスマ美容師さんのカット技術は神業だった。近いうちにまた行こうか、なんてことを知らず知らずのうちに考えてしまっていることに気がつき、愕然とする。

だめだ、わたし。しっかりしろ！　なんのために、かつてないほどの努力をして特待クラスに入ったんだ。

同じクラスになってしまったからって未来に起こる出来事は変わらない。物事に多少の誤差があるのは、莉緒の怪我や素美のプリクラでわかっていたことじゃないか。

……これって、多少の誤差?

そんなわけはないでしょう。わたしは両手で自分の体をきつく抱きしめ、目を固く閉じて唇を血が出るほど嚙みしめた。胸の中でいくつもの竜巻が、交差しながら踊っているようだった。

そうだろうと思ったよ。うん、わかってはいたんだけどね。

朝、机の上に開いたままの警告ノートの前に立つ。わたしは昨日、自分が書いたまま、その下にはなんの書き込みもないノートの罫線を指でなぞった。

「星莉、おはよう。お父さんが先に洗面所使うかって聞いてるよ」

部屋の出入り口で澄んだ声がして、わたしは振り向いた。

「あ、お母さんおはよう。うん、ありがと。使いたい」

「年頃だから仕方ないけどさ、もうちょっと早く洗面所あけてほしいって」

「りょーかいでーす」

「一年の頃のことを考えたら、それも年相応の成長だと思って、お母さんは嬉しいけどね」

お母さんはそう言い残すとそこをあとにした。

わたしはノートを閉じ、それを机上部の本棚に突っ込んで部屋を出た。

リビングの食卓テーブルで朝食を食べ終わると、わたしは一度自室にひっこむ。ベッドに座ってスマホをいじりながら、画面の上方に小さく表示されている時刻とにらめっこを始める。

素美との待ち合わせの電車に乗れるギリギリまで待って、自転車で駅までを突っ走る。その作戦で杉崎とかち合うのを避けることにした。

高校の最寄り駅から校門までは素美と一緒だ。そこまで行けばもうまわりは希望ケ原高校の生徒だらけ。

「じゃあ素美、あとでね」

「うわっ。星莉、マジでそっちか！　一晩たっても衝撃薄れず！」

校門から一組の教室がある事務棟に向かうわたしに、素美は律儀に足を止めて驚いている。

わたしだってびっくりだ。一組に入れたことよりさらにびっくり。その意味が水泡に帰したことに。

素美にえへへと手を振り、事務棟に向かって歩き出した。

二年一組に入るとすでに来ていた琴音ちゃんと杏奈ちゃんと少し話をする。すぐに阿部先生が入ってきてHRが始まった。

塾で必死に勉強した甲斐あって、一時間目の英語にもどうにかついていくことができる。相変わらず抜けている立川はしょっぱなから教科書を忘れてきて、机をくっつけて見せてあげた。

二時間目、三時間目、四時間目、と過ぎていき、わたしは杏奈と琴音とお弁当を食べることになった。

杏奈と琴音はすでにお互いに名前で呼び合っていた。わたしにも、名前で呼んでね、と言ってくれたからそうすることにしたのだ。二人もわたしを星莉と呼んでくれることになった。まだお互いむずがゆいけど、高校二年までくると名前で呼ぶのも案外すぐ慣れるものだと経験済みだ。

一組は事務棟で他クラスと離れているから、基本みんな自分のクラスの友だちとお昼を食べる。これからもっと仲良くなるはずの子たちだ。

三人で机をくっつけて今までのクラスとか部活の話をしながらお弁当を食べる。

「おー星莉、うまそうじゃん。一個、から揚げもらっていい？」

声をかけてきたのは立川だ。もと一組のバスケ部男子数人や杉崎と、隣のスペースでお弁当を広げていた立川の手が、わたしの返事も待たずに後ろからにゅうっと出てきてから揚げを奪っていく。

「あっ、それ最後の一個だったのに！」

「ミツヨシのアスパラベーコン巻きも超うまそう。もーらいっ」

立川は、さらに杏奈のアスパラベーコン巻きに刺さっている楊枝までも指でつまんだ。

「お！　これめちゃウマ」

うわ、バカ立川！　杏奈の苗字はミツヨシじゃなくて三森――。

「いいな立川。ミツヨシー、俺にもくれよ、アスパラベーコン巻き。好物なんだよ、これ！」

え？　わたしは今、杏奈をミツヨシ、と呼んだ男子の顔を凝視した。この子、もと一組の子だ。名前はまだ覚えていないけど確かにもとから一組だ。この子も杏奈の苗字を間違えている？

「いいよ。椛島。わたし、正直それほどアスパラ好きでもないんだよね」

今度、わたしはその椛島、と呼ばれた男子から杏奈のほうに、すごい勢いで顔を向けた。

耳を疑ったのだ。え？　もしかしてわたしが間違っていた？　間違えて杏奈の苗字を覚えてしまった？　そんなことはないはずだ。確かに、絶対に、三森杏奈と自己紹介をしたし、名前で呼び始めるまでの何回かは、わたしは彼女のことを三森さん、と呼んでいた。前から名前くらいは知っていた女の子だ。

で、でも、実際……。

「杏奈、あの、苗字って三森、だった、よね？　ごめん間違ってたら――」

「そうだよ」

杏奈があっさり認める。

「三森、俺にもくれよ。まだ一個ある？」

今度はもと一組のバスケ部の子――たしか遠藤くん――がかなり離れた場所からそう叫んだ。

「いいよ。これで最後だけど。お母さん喜ぶな。アスパラベーコン巻き、大人気だったよ！　って報告したら」

わたしは完全にわけがわからなくなった。

杏奈は三森杏奈なのに、ミツヨシと呼ばれてもそれを正さない？　もと二組の彼女は一組の子とクラスメイトになったのが初めてだからまだ……じゃない！　杏奈は中学入学当初から、一組と二組をいったりきたりしている。一組のみんなとすでに友だち関係にあるはずだ。

「杏奈……苗字、三森なのに、ミツヨシ、って呼んでる子がいたり、ちゃんと三森って呼んでる子がいたり……。い、いいの？」

「ああ、なんかあだ名？　みたいなもの？　どっちでも勝手に呼べば？　的な感じなんだよね」

「そ、そうなんだ？」

あだ名か。誰かが最初勘違いしてそう呼び始めて定着したとか、あだ名の発生源はいろいろある。

立川が、隣の男子に耳打ちするように、サイトウだっけ？　と今度は琴音のことを控えめに一瞬だけ指さした。だから立川、琴音はサイトウじゃなくて……。

「俺もたんねえよ。サイトウ、お前食うの遅いよな。そのウインナくれ」

目を見張った。立川がたった今耳打ちした男子が、琴音に向かってそう言い放った。

「サイトウ？　伊藤じゃ……」

わたしのか細すぎる呟き（つぶや）に、誰も気づかない。……琴音の苗字は、サイトウじゃなくて、伊藤のはずだ。

「いいよ。ウインナどうぞ。たまには男子と食べるのもダイエットになっていいかもね」

そう言って琴音は屈託のない笑顔で、自分のことを〝サイトウ〟と呼んだ男子のほうにお弁当箱を差し出していた。

　わたしは固まって、目の前で琴音のお弁当箱の中のウインナを、まだ名前を覚えていない男子の箸が挟んで宙に浮くのを唖然として見つめていた。現実感がなく、魚眼レンズで目の前の光景を眺めているようだった。

　ここにいる誰もが、こんなことに慣れっこなのか、誰もなんの疑問も抱いていないようだ。さっきまでとなんら変わらない、よどみのない動きをしている。その中で、ひとり完全に動きを止めている人物がいたから、逆に目についた。

　立川だ。立川は紙のように血の気のない顔色で怖いほどの無表情だった。ゆっくりとわたしのほうを向き、目が合うと、イトウ？　と問うように唇を動かした。わたしは、かすかに首を縦に振った。

　お弁当が終わり、片づけて、午後の授業の時間も滞りなく過ぎていく。六時間目は古典で、先生がなにかそれに関わる面白い話をしていたけど、耳から入る内容はおよそわたしの脳まで到達しない。

　琴音も杏奈も、自分の苗字がクラスメイトから違う呼び方で呼ばれても、まるで頓着しない。それを見ているまわりの子も意に介さない。

　人の名前が誤って呼ばれ、それがそのニックネームとして定着することも世の中皆無じゃないだろうけど、それほど気持ちのいいものでもない気がする。それがこのクラスでは当たり前の小事として流されていく。仲良くなった杏奈と琴音、両方だ。

でもそのわりにわたしのことは、まだ初日なのにみんながしっかり苗字も名前も覚えてくれている。

さっき杏奈からアスパラベーコン巻きをもらっていた椛島くんだって、その後の会話で迷うことなく正確にわたしの苗字を呼んでくれた。すぐに名前を覚えてもらえれば、わたしだって嬉しい。

そうだ。名前って日常意識することは少なくても、もっと大事なものだと思う。

そこまできてわたしは、なんだかもやもやする事実に行き当たった。

わたし自身が、このクラスのほとんどの人の名前を覚えていないのだ。新しいクラスだからそれは当たり前といえば当たり前なのかもしれない。でもこのクラスの生徒は、中学一年の頃から模試に限らず定期試験他、あらゆるテスト類のランキングで廊下に名前を貼り出されるような人ばかりだ。

うちは中高一貫校。高二の現在で五年目だ。意外と早く覚えたっておかしくはないはずだし、覚えようともしている。

それが、わたしは以前から知っている立川と杉崎の他には、杏奈、琴音、さっき呼ばれていた椛島くん、あとは遠藤くんくらいしか正確に覚えていない。

椛島くんと遠藤くんはバスケ部だ。杉崎や立川は一組のバスケ部つながりのコミュニティにそのまま入った感じなんだろう。杉崎にしょっちゅう視線がいくわたしは、バスケ部の子のことは、知らず知らずのうちに意識の端にとどめていたのかもしれない。あの二人のことも前からなんとなく知っていた。正確に覚えたのは今日じゃない。

わたしってここまで記憶力が悪かったの？　二日目だからこんなものだろうか？

つらつら考え続けていたらいつの間にか放課後になっていて、掃除のためにみんなが机を後方に移動し始めていた。教室掃除の当番だったわたしは、自分の中で強くなる奇妙な感覚を持てあましながら、たんたんと箒（ほうき）を動かし続けた。

掃除が終わって机をもとの位置に戻すと、そこにまた男子が数人集まってきた。その中に杉崎も立川も椛島くんも遠藤くんもいる。漏（も）れ聞こえた会話から、バスケ部は強豪校とインターハイの練習試合をすることに急遽（きゅうきょ）決まったということがわかった。今日は体育館を保護者講演会で使っているのだけど、それが終わってから練習するらしい。

ちなみに希望ケ原高校のバスケ部もかなり強豪で、勝ち上がって泊まりの遠征になることもある。

わたしには、杏奈と琴音と三人で寄り道をして帰る約束をしていた。英語の補講に呼ばれた琴音がまだだから、杏奈と二人で宿題をやりながら待つことになった。

杉崎を見ちゃだめ見ちゃだめ、と自分に言い聞かせるも、わたしの瞳は頻繁にそれを裏切る。教室の中央で、杉崎が持ってきたミステリー系統の雑誌を、男子みんなで覗き込んで盛り上がっている。

「ねえ、星莉、なんだか杉崎くんたちの見てる雑誌面白そう」

「杉崎、ああいうの、好きなんだよね」

わたしは視線を宿題のノートから動かさずに答えた。

「ああいうの？　よく知ってるね、星莉」

「うん。中学の時ずっとクラス一緒だったから。ナントカの謎？　みたいなやつ。合戦で敗れて死んだことになってる武将が、実は生きてて裏で歴史を動かしてたとか。あとは現代の都市伝説的なやつとか。たぶんそれ系統」

ちらっと見えた表紙から推測するに、歴史じゃなくたぶん現代ミステリーの部類だ。

「都市伝説？　へえ、どんなのだろ？」

いやだな。

杏奈が興味を持ち出してしまい、ノートの上でシャーペンの動きが完璧に止まっている。

「見る？　星莉も三森も」

「えっ、いいの？　面白そう」

杉崎の言葉に杏奈がすぐ反応して椅子を引く。

そこまで近い席にいた訳でもなかったのに、杏奈が雑誌に興味を持ったことを、杉崎は敏感に察知した。……そして、杉崎は杏奈の苗字を正確に覚えている。もと一組の子が間違った苗字で呼んでいるのに。

杏奈は杉崎たち男子、六、七人の輪に向かっていった。仕方なくわたしもそれに続く。

「え？　何？　杉崎くん地下鉄オタクなの？」

「そういうんじゃないけど、地下鉄は好きだな。地下ってだけで想像力超かきたてられる」

これこれ、と杉崎がわたしたちに見せたのは、秘められた闇の真実が今、明らかに！とかいう、うさん臭い副題のついた雑誌の表紙だった。題名は「東京・地下に潜む巨大帝国の謎！」

表紙には、電球の切れかかったような古ぼけた地下鉄のホームから、線路が真っ暗なトンネルに続く写真が載っている。

「地下が好き？」

「東京の地下にはな、廃線になった地下鉄とか、作ったものの規定が変わって電車が運行されることなく眠ってる地下線路が無数にある。謎の地下空間が国民に隠されている」

もったいぶった言い方で杉崎がささやく。

「へえ！　ほんとなの？　それ」

食いつく杏奈に立川が、男子みんなで見ていた雑誌を差し出した。

「まあほとんど単なる都市伝説じゃね？　そういうのが実は核シェルターだったとか、それ系のよくある話だよ」

隠された秘密だとか言われると知りたくなるのは人の性かな。杉崎は昔からこの手の話が大好きだ。

杏奈が雑誌を受け取り、パラパラめくり始めたところで教室に琴音が入ってきた。

「杏奈、星莉、お待たせ。しょっぱなから補講なんてほんとついてない」

抜き打ち小テストでミスっただけなのに、と文句を続けながら琴音が自分のスクールバッグを席に取りに行った。

「ふうん。写真だけでも相当にミステリアスだよね」

杏奈はまだ興味がありそうで、両手の上に雑誌を広げ、しげしげと写真に見入っている。

「杏奈！　新しくできたカフェに行くんだよね？　ごめんね。わたしが補講だったから待たせちゃったよね」

「そうだ、カフェ寄れなくなっちゃう。ありがと、杉崎くん。琴音、星莉、行こうか」

杏奈は名残惜しそうに雑誌を杉崎に返しながら、つけ足した。

「でも面白い！　これは確かに興味をそそられるよね」

「貸そっか？　あ、今日はまだこいつらと読むけど」

「いいの？　じゃあ終わったらよろしく」

「了解。三森」

男子は、机の上だったり椅子の上だったり、に座りながら、もう一度その雑誌を囲み始めた。

「じゃあな。星莉。三森、伊藤」

と立川が言うと、口々に男子も別れ際の挨拶(あいさつ)を口にした。なぜか、もう誰も名前を間違えなかった。

杏奈が地下空間に興味を示して、杉崎から雑誌を借りる。杉崎は最初から杏奈の名前を間違えなかった。

ただそれだけのことなのに、何かが始まる瞬間を目にしてしまったような気がして、わたしはあの警告ノートを猛烈に恨まずにはいられなかった。とんだ見当はずれなのかもしれない。でも、杉崎と同じクラスになりたくなかった。

どうして書いてあることと決定的に違う事実が起こってしまったんだろう。検証しようにもできないことが歯がゆくてたまらない。

ただ、これだけは間違いがないと言えることが二つある。

ひとつは、あのノートは確実に、わたしを守ろうとしている。文字ににじむ熱量に圧倒されているだけじゃなく、未来の出来事を当てるといういくつもの魔術をわたしは目の当たりにした。

そしてもうひとつ。告白なんかしても返事は百パーセント決まっているということだ。そこに地獄までが加わる可能性が少しでも残っているとすればもう……。

わたしは男子の群れに戻ろうと後ろを向く杉崎から視線を外した。

二十四時間自分を守れるのは自分だけ。ちゃんとわかっている。

わたしたち女子三人は、スクールバッグを手に教室から出ようとした。先頭の杏奈がドアに手をかけ、次に琴音が続き、最後がわたしだった。

「星莉」

振り返るとそこには、なぜか男子の群れからふたたび離れた杉崎が立っていた。

「え、杉崎。どうしたの」

「星莉、自転車にしたんだな、駅まで」

斜にかまえるようにして杉崎がそう口にする。

「え？」

「今朝、家のドア開けたら、目の前の道路を星莉が自転車で突っ走ってくのが見えたからさ」

「ああ、そういうことね。うん、今日は自転車で来たんだよ」

「ずっとそうするのか？」

「……うーん。今日は素美との待ち合わせに遅刻しそうだったから。でも楽だね、自転車だと」

「ふうん。まあいいけどさ」

杉崎はそう言い残すと身をひるがえして男子たちのほうに戻っていった。

わたしはスカートのポケットに手を入れ、そこにある自転車の鍵をぎゅっと握った。

第三章　暴風雨と満月

わたしは、立川と一緒に黒板の前に立っている。

「な、星莉、いい思い出じゃん」

「もう勝手なんだから！　わたしこういうの柄じゃないんだって！　統率力ゼロだし」

「知ってるし。でも高校生活の記念じゃん」

「うん、それは、そうかもしれないけどね……」

なんの間違いか、立川とわたしが夏休み明けにある文化祭の実行委員になってしまったのだ。立候補した立川が指名したのがわたし。男女一名ずつと決まっている実行委員だ。一組の中で一番気を遣わない女子がわたしだったんだろう。

すでに季節は夏真っ盛り。テレビ画面の中では浴衣の美女がビールを飲んでいたり、若者が真っ青な空と海をバックに、砂浜を全力疾走するＣＭが繰り返し流されている。

そんな季節を迎えてわたしも一組にだいぶ慣れた。

杉崎と同じクラスになってしまった絶望と困惑の新学期から三カ月以上が過ぎた。模試のために今日は全員登校しているけれど、もう夏休みに入っている。七月も後半。気温は三〇度を超す日が多い。

二十二人しかいない一組の半数以上は、すでに学校行事より受験に気が向いている。時間を割かれる文化祭の実行委員に挙手する人はいなくて、一組だけ何も決まらないまま夏休みに突入した。模試で集まった今日、一組歴が一番短い立川が名乗りを上げた時には、心底ほっとするムードが流れた。

もっとも、黒板に書いてある参加予定のイベントは、病院探検迷路、というとんでもなく制作に時間のかかりそうなものだった。

これも立川が「俺がやるから！　最後はきっちり俺がやるから！　やりたくないやつは手伝わなくても文句言わない」と押し切ったのだ。実行委員に挙手して火がついてからの立川にはなんだか鬼気迫るものがあった。立川ってこんなキャラだったかな、と一年の頃のことを思い出して首をひねった。

結局、立川と仲がいい杉崎や椛島くんは、主戦力となって手伝うことになりそうだ。同じバスケ部の遠藤くんは塾が忙しくて微妙かもしれない。

女子実行委員のわたしと仲がいい杏奈も琴音も、いい思い出になるよね、と言ってくれていて、協力を期待できそうだ。

実行委員と演目だけを決めたら今日のところは解散だ。

ばらばらとみんなが教室をあとにした。模試とはいえ昨日は徹夜だった生徒も多いのだ。

杏奈に琴音、立川、椛島くん、そして杉崎と一緒に昇降口に下りる。

「おい、花壇見ろよ。すっげー桜！　咲いたなー、満開じゃん！」

校舎と広い校庭を隔てるように、横長の花壇が作られている。立川がその花壇を前に感嘆の声をあげた。

「マジですげえきれい。桜の花！　圧巻だな」

そう答え、振り仰ぐようなしぐさをしたのは椛島くんだ。

「ほんとだね。希望ケ原に桜で勝てる高校はちょっとないよね、きっと」

「うんうん」

花壇の前に並んで立っている杏奈と琴音も同意する。

一番右端にいるわたしと一番左端にいる杉崎。ちらりと彼に視線を向けると、この景観に心を奪われているような恍惚とした表情でまっすぐ前を見ていた。

最近、いきがかり上、立川、椛島くん、杏奈、琴音、そして杉崎、とこのあたりのメンバーで行動することが多くなってしまった。〝多くなってしまった〟の表現には、自分なりの複雑な心境が反映されている。

そしてそれを悠長に嘆いてばかりいるには、この世界はいささか異常すぎた。

たとえば今目の前に広がる花壇。わたしの目に映る風景は、満開の桜なんかじゃなくて、盛りを過ぎつつあるひまわりだった。

確かにうちの高校は桜が見事なことで受験生の間ではそれなりに有名だと思う。アーチ型の門から昇降口までの二百メートルがすべて桜の並木道で、入学式の頃にはそれはそれは素晴らしい。校庭や裏庭、カフェテラスの前、いたるところに桜が植わっている。体育館横の大きな古木は樹齢が百年近いと噂されている。

でも今、目の前にあるのは校庭の花壇で、しかも七月の後半だ。七月の花壇が全部桜の木だなんて、どう考えてもおかしい。そもそも花壇とは、一般的には木を植える場所じゃない。

今、わたしの日常はゲシュタルト崩壊を起こしている。

ゲシュタルト崩壊は、何も漢字だけに起こるものじゃない。同じ漢字をずっと見ていると、脳がパーツごとに認識したり、その形自体に疑問を持ち始めてしまう。その現象をゲシュタルト崩壊と呼ぶのだと教えてくれたのは、不思議大好き少年の杉崎だ。

わたしが慣れたのは〝一組に〟というよりも、ゲシュタルト崩壊を起こした〝この世界に〟だ。

未来の自分からの警告ノートを見つけたあの頃から、わたしの世界はゆるやかにゆがみ始めていた。

二年生になって一組になり、友だちががらりと変わってからは、明らかにそれが急加速している。名前が間違って呼ばれてそのまま通る、なんてことは序の口だ。

今みたいにわたしが目にする風景が、みんなには違って映っているらしいこともしばしばある。こんな日常に順応し、ある意味楽しんでいる自分は、頭がおかしくなってしまったんじゃないかと真剣に悩む瞬間もあった。鬱になったっておかしくない。

なのになぜかわたしは今、難なくこの世界を受け入れている。SF映画の出演者にでもなったかのようで、ふわふわと地に足がつかず現実感は欠落している。それがかえって精神面ではプラスに働いているに違いない。

それとも特待一組で過ごす日常が、今までになく楽しいからだろうか。自分の手で初めて勝ち取った毎日だという、的外れかもしれない自負のせいもある。特待一組は、本当にわたしの努力のたまものなんだろうか。

ともあれ楽しい。勉強は大変だけど、集中力は以前の比じゃないくらい上がったと感じる。おかげで一組にどうにかついていきながら、以前は憧れているだけだった〝いかにも女子高生〃な毎日を今は送ることができている。

杏奈や琴音、それに前から仲良しの素美や珠希と一緒に同じ洋服を買ってテーマパークでおそろいのコーデをする。みんなで同じポーズで撮った写真はたくさん携帯に入っていて、それを眺めるのも幸せだった。

その一方で、悩みは深くなっている。

同じクラスどころか、よく一緒に行動をする仲間にまでなっている杉崎を、どう忘れたらいいのかまるでわからない。想いは募るばかりだ。

告白してきっぱり拒絶され、ケリをつけなければ前に進める気がしない。でもそれじゃ、あのノートが忠告する未来と同じになってしまう。

もちろん、絶対に、どんな衝動があろうと、それだけはやってはいけないと常に自分に言い聞かせている。

わたしが今立っているこの世界。幸せだけど、まとわりつく得体の知れない空気は、煙る霧雨のようにしくしくと衣服の内側まで浸透していくようだった。

「台風がそこまで来てるらしいぜ？　明日の試合平気かな」

杉崎が青空を見上げながら口を開いた。わたしには澄みわたった青空に見えるけど、杉崎の瞳には、台風の近づくグレーの曇天が映っているんだろうか。

「へえ、そうなんだ。今はこんな晴れてるのにな。まあ体育館だしな」

「明日の遠征、泊まりじゃん？　移動が心配だよな」

立川に続いて椛島くんが答えた。バスケ部は今年もインターハイ予選を順当に勝ち上がり、ついに本戦出場が決まった。泊まりの遠征になる。

「今度の遠征、俺のばあちゃんちがめっちゃ近い」

「ふうん。会いに行けば？　杉崎」

杏奈が答える。

「いや、さすがに無理でしょ。遠征中に俺だけ宿舎抜けるとか」

「見に来てくれるかもしれないよ」

「うーん。連絡すれば無理するかもしれないと思うと微妙だな。心配だけど。先月くらいに親父と母親と三人で様子見に行ったからな」

「孫が高校生にもなるとじいさんばあさん、歳とるよなあ」

答えた立川の言葉に、亡くなったおばあちゃんのことを思い出す。優しかったな。

みんながなんとなくしんみりし、黙ってしまって数秒、椛島くんが口を開いた。

「帰るか。明日、早いしな」

「だな」

杉崎がすぐに動いた。みんなには満開の桜に見えるらしい花壇をまわり、桜並木のほうを通らず校庭の端を歩いて校門にぞろぞろと向かう。

いつかこんな不安定な日常は消えてなくなってしまうんだろう。それまでは幸せな高校生でいたい。この世界が終わってしまうその時まで。

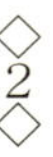

次の日の空の色は微妙だった。

台風が近づいているらしい。今日の試合は大丈夫だろうか。

スマホ画面に表示された天気予報と、わたしの部屋から見上げる空模様を見比べながら不安になった。もうバスに乗って出発したあとだろう。体育館だから、目的地まで降らないでくれれば試合自体は問題がないんだろうか。よくわからないけど。

「星莉ー！　颯河くんのお姉さんが来てるんだけど」

お母さんが慌てた声で玄関からわたしのことを呼んだ。

杉崎のお姉さん？　なんだろう。もうここ何年も会っていない。

杉崎家には杉崎の他にお兄さんひとりとお姉さんが二人いて、そこは三人年子かどうかってくらいに年齢が近い。その三人から十年たって、ぽこっと生まれてきたのが杉崎だった。四人兄弟の歳の離れた末っ子で、杉崎の自己中、奔放（ほんぽう）な性格は、さぞやかわいがられて育ったんだろうな、と想像させるに難くない。

今は確か、二番目長女のお姉さんがお医者さんで、他の二人はジャーナリストになっているはずだ。杉崎の家は父親が精神科医で母親はジャーナリスト。子供たちはそのどちらかと同じ職業を選択している。

「今行く」

どっちのお姉さんだろうなあ、なんてのんきに考えながら自室から玄関に向かった。

「星莉ちゃん！」

杉崎のお姉さん、たぶん一番下の美里（みさと）さんは、わたしの顔を見るとあからさまに安堵（あんど）の表情になった。もう二十六、七歳にはなっているはずだ。髪は肩までのふわふわ髪だけど、ピシッとしたパンツスーツ姿がビジネスウーマンだ。

「お久しぶりです」

やっぱり美里お姉ちゃん……かな。歳が近いこともあって、杉崎のお姉さん二人は双子と間違えられるほど似ている。昔は遊んでもらったこともあるけど、こう何年も会っていないと、確信が持てない。

「星莉ちゃん、きれいになっちゃって……。颯河と同じ制服着てなきゃ道で会ってもわからないかも。あ、わたしのこともわからないわよね。美里よ、颯河の下の姉。今、通信社で働いてるの」

「はい」

　ジャーナリストのほうの美里お姉ちゃんか。杉崎もジャーナリストや記者みたいな職業に興味がある、と言っていたことがある。前に教室で見た地下鉄の雑誌のような、ミステリー系のネタを自分で調査して書きたいとかなんとか。

「星莉ちゃん、お願いがあるのよ。今日、颯河が夕方からバスケの試合なのね？　もうバスで現地に向かっている」

「聞きました。台風心配ですね」

「それるんじゃないかって見通しで、台風は大丈夫そうなんだけど。颯河、ユニフォーム間違えて持っていったのよ」

「えっ？」

「似てるのよ。練習用と試合用。にしたってバカよねえ」

　あきれたように笑うと手にした紙袋の中から、青いさらさらした生地のユニフォームを取り出してわたしに見せた。

「大変じゃないですか！　遠征だし遠いし！」

「そうなのよ。電話がかかってきてね。すぐ持ってきて、ですって」

「はあ」

「うちの家族は、誰かしらがたまに変な時間に家にいるもんだから、どうにかなると思ったのかもね。でも今日は全員はずせない仕事で、だから応援にも行けないわけなのに……。わたしももう出ないとならないの」

「ええっ」

「そう返事して困り果ててたら、颯河が、星莉ちゃんに頼んでくれ、って言うのよ。同じ高校だから希望ケ原の躍進に貢献するのは当然だ、みたいに」

「…………」

「なんて。確かにそうわめいてたけど、最後は、星莉にも用事とか都合があるだろうから、あいつが行ってくれる、って話になったら場所とか教えて、金渡して、って。言うんだけど、バカ颯河が」

美里お姉ちゃんは困った顔をした。

模試が終わり、休んでいるわたしを弟の失態でいきなり駆り出すのは、姉としてあまりに心苦しいんだろう。でもインターハイの本戦だ。弟を試合に出してあげたい。歳の離れた末っ子の弟は、やっぱりかわいがられて育つものだ。

だけど杉崎のバスケの試合に行けば、そのまま帰るのもおかしい。同じ高校なんだし友だちなんだから、ここは応援していくのが普通だろう。

「無理なら無理って言ってね。星莉ちゃんにも用事があるだろうし、昨日模試だったの知ってて、こんなお願いするなんて非常識だってわかってたんだけど。ごめんね」

美里お姉ちゃんは頭を下げると手にした青いユニフォームを紙袋につっこみ、身をひるがえそうとした。

「行きます！」

とっさに出た言葉だった。

自分で頼んだくせに、美里お姉ちゃんは大きな目をぱちくりさせて動きを止めた。

「え？」

「わたし行きます」

「ほんとに？　星莉ちゃん。テストで徹夜とかしてない？　颯河と同じ一組になったんだよね？　勉強大変でしょ？」

「はい。徹夜はしてませんから、ぜんぜん元気です」

「ありがとう。本当に！　颯河、すごく喜ぶわ」

「同じ高校ですから」

わたしはちょっと肩をすくめ、笑顔をつくった。

杉崎のお姉さんに、颯河がすごく喜ぶ、なんて言われたら、そうだったらいいな、と期待してしまう。杉崎の役に立てることが今は純粋に嬉しい。

「あの、じゃあこれ、よろしくお願いします」

美里お姉ちゃんは、わたしにユニフォームの入った手提げ袋を手渡す。と同時に握っていたメモのようなものがひらりと舞ってわたしの足もとに落ちた。

「何か落ちましたよ」

わたしがかがんでそれを拾う。紙の上には、ペンで書きなぐった記号のようなものが羅列してあった。線が妙ちきりんな角度で斜めになったり丸まったりしていて、独特の形を成している。

「あ、ありがとう。これ、今日の試合の場所と時間と行き方。颯河からの電話の内容、速記でメモしたの」

「速記？」

わたしが怪訝な顔をしたからか、美里お姉ちゃんは手短に説明してくれた。

「人の話を書きとる記号みたいなものかな。颯河がまくし立てても速記なら楽勝」

「わぁ！　まさにジャーナリストって感じでかっこいいです」

「い、いや独立はしてないし。まだそうは呼べないよ」

「でも取材して記事書いてるなんて、かっこいいです」

わたしを相手に申し訳なさそうにしていた美里お姉ちゃんが、急に大人びて見えた。社会の最前線で忙しく働いている家族に囲まれて暮らしているんだ、杉崎は。きっと甘ったれたわたしと違って、自分のことはなんでも自分でしている。奔放に見えてもしっかりしている。

「すっ飛んで星莉ちゃんのところに来ちゃったから、星莉ちゃん用に試合場所なんかをメモしてこなかったの。ラインで送るからＩＤ交換、してもいい？」

「はい」

わたしたちはラインのＩＤを交換した。それから美里お姉ちゃんは、往復の電車賃と迷惑料だと言って五万円をわたしの手に押し込んだ。電車賃だけは頂くけど、迷惑料なんか受け取れるわけがない。電車賃がどれだけかかるかわからないから一応全部受け取った。ふだん持たない大金に手が震える。残ったぶんはあとで杉崎から返してもらおう。

美里お姉ちゃんを社宅の玄関で見送ると、わたしは自分の部屋に引き返し、リュックに必要なものを詰め始めた。必要なものといっても、財布とスマホとハンカチにティッシュ、化粧ポーチだけ。

高校入学時からしてみれば、出かけるものリストに化粧ポーチが加わったことは大きな飛躍だ。最後に杉崎のユニフォームをていねいに畳んでスポーツブランドのショップ袋に入れ、それをリュックに詰めた。それから着替えだ。

袖がシースルーになっている白いカットソーにダメージデニムのミニスカートを合わせる。なんだかんだで一番好きな組み合わせだ。

そこにラインの着信音。開いてみると美里お姉ちゃんからで、杉崎の今日の試合会場までの行き方が詳しく載っていた。

試験明けの寝不足気味の頭を叩いて活を入れ、玄関で買ったばかりのサンダルに足を通す。

「お母さん、ちょっと出かけてくるね」

わたしはスマホの乗り換え検索画面に視線を落としながら、お母さんに声をかけた。

「そう。どこ行くの?」

「ちょっと遠く。杉崎が試合用のユニフォームと練習用のを間違えて持ってっちゃったんだって。それを届けてくれないかって美里お姉ちゃんが頼みに来た」

「ふうん。そういうことだったんだ。気をつけてね。向こうにちゃんとついたら連絡して」

「はーい！　行ってきまーす」

わたしは駅まで自転車を走らせると、それを自転車置き場に入れ、改札に向かって歩き出した。乗り換え検索で見ると、新幹線をうまく使って間違えずに行っても、三時間以上かかりそうだった。

新幹線って予約なしでいきなり乗せてもらえるものなんだろうか。

ひとりでこんなに遠出をするのは初めてで、自分がいかに何も知らないかを思い知らされた気がした。希望ケ原高校が遅い出場で本当によかった。

スマホで杉崎のライン画面を開く。ユニフォームをわたしが届ける旨を連絡した。既読がすぐにつき、感謝を表すスタンプが送られてきた。気になっていたはずだ。

まだ観光シーズンには一足早く、新幹線には問題なく乗ることができた。そのあと在来線を乗り継ぎ、ようやく杉崎たちのバスケの大会をやっている駅につくことができた。

原っぱに巨大な直方体コンクリートがドーンと置いてあるだけのような、屋根もない素朴なホームだ。のどかで、うちの田舎の駅に驚くほど似ている。

最寄り駅についたことを杉崎にラインで知らせる。ついでに心配しているであろううちのお母さんにも連絡を入れる。

蟬しぐれが都会ではありえないほどの音量で降り注ぎ、道端では名前も知らない背の高い雑草が、湿気を含んだ突風になぎ倒される勢いで揺れていた。空は濃いグレー一色で雨が降りそう。こんなに暑くても梅雨は明けていないのか。

「総合体育館か」

一刻も早く届けるため、わたしはタクシーを使うことにした。初めての場所で地図アプリだけを頼りに捜し歩くのは危険すぎる。

駅前ロータリーからタクシーに乗り込み、市の総合体育館、と告げる。車だと早いけど歩くとそれなりに距離はありそうだし迷っていたかもしれない。やっぱりタクシーを使って正解だった。

高校総体のキャッチフレーズを掲げた横断幕の掛かる体育館の入り口につく。

まわりを眺めまわしながら、インターハイ本戦なんだ、こんなに大きな体育館で試合をするんだ、と感慨深かった。今まではどこかの高校の体育館が多かった。

ここのコートの中で動き回る杉崎、かっこいいだろうな。まぶたに浮かぶようで心が躍(おど)る。

でも試合を見ずに、このままユニフォームだけを置いて強引に帰るという選択肢だって、ちゃんとある。

そうだ。台風が近くまで来ているから電車が動いているうちに帰ると言おう。それたと美里お姉ちゃんから聞いたけど、試合に夢中になっている杉崎たちには細かい情報はまわっていないに違いない。


「星莉ー！」

人混みを上手にぬうようにして杉崎が急ぎ足で現れた。

「杉崎」

わたしの前まで来ると弾ませた息を整える間もなくサンキューな、と笑う。わたしひとりに向けられる笑顔に胸が痛くなる。

「これ持ってきた。間に合った？」

「間に合ったよ。マジでありがと」

杉崎は差し出した紙袋じゃなくて、それを持って伸ばしたわたしの手首を摑んだ。息が、完全に止まる。まわりの景色がかすんでいき、時間が静止する。

熱い汗がクーラーで急激に冷やされたあとのような、少し湿ったひんやりした手。杉崎の、てのひら。拳には、凹凸がわたしのそれよりずっとくっきり浮いている。

声も発することができず放心するわたしをしり目に、杉崎は手首を握ったまま踵を返した。

「観てくだろ？　もうみんなアリーナで準備に入ってるからさ。立川も椛島も主力で出るから希望ケ原が確保してる上の観覧席にいないんだよね」

「…………」

「あんまり同学年がいないから、知らない一年と観るのは気まずいよな。星莉、どうする？　どこから観てる？」

わたしが観ていくことは確定事項らしい。手首をひっぱって観覧席への階段を上りながら、一度確認するように振り向いた。

「あの、たい、たいふ……」

台風がひどくなっちゃいそうだからその前に帰るよ。試合観られない、残念だけど。

……ちゃんと用意したはずのセリフが、ぜんぜん舌に乗ってくれない。

「台風それたみたいで助かったよな」

ちゃんと情報はまわっているんだ。封じられた口実の前に、自分の願望がもろ手をあげて喜んでいるのがよくわかる。

わたしの前を行くぜい肉のそぎ落とされた背中を眺めながら、言いしれない感情にふりまわされる。一年の最初の頃に比べて、あの警告ノートを読んでからの杉崎のほうが、なぜだか優しい。それは間違いない。

杉崎のこの言動は、わたしに試合を観てほしいととられても仕方がないように思える。そんなものは自分に都合のいい解釈だと、頭ではわかっていても心がそれを許してくれない。

杉崎は、ただユニフォームを持ってここまで来てくれただけなんて申し訳ないから、せめて自分の高校が勝って湧くところを見せたいと、そう思ってくれているだけ。今日勝てば、ひとつ優勝へのステップアップが決まる。

二階の観覧席は、下のアリーナを四角く囲んで椅子が階段状に設置されていた。とりどりのユニフォームを着た選手たちや、応援のために集まった人で観覧席はごった返している。

「このへんとかよく観えるし目立たないかも」

ぽつんと奇跡的に空いている席の横の通路で、杉崎は止まった。止まったのにわたしの手首を放さない。

杉崎、教えてほしい。もしもあの警告ノートを見ていなかったとしたら、わたしはやっぱり苦しさに耐えかねて、きっと告白をしてしまうと思う。告白したことでわたしに待っている地獄って何？

ただ「ごめん、今まで通り友だちで」と断られるだけじゃすまないんだよね？　そんなものは想定のど真ん中。わたしは覚悟して、片思いに終止符を打つために告白するはずなんだから。

「じゃ、俺着替えてくるから。もう時間がない。終わったら次に備えて俺たちここに宿舎取ってるんだけど、星莉のことは顧問が特急の停まる駅まで送ることになってるから」

「……ありがと」

わたしが持ってきた試合用と、どう違うのかよくわからない練習用ユニフォームを着た杉崎が、白い歯を覗(のぞ)かせて笑う。

「俺、けっこうかっこいいからな」

「自分で言う?」

やっとまともな声が出てくれた。

杉崎は照れたように笑った。わたしに向かって一瞬片手を上げ、身体(からだ)を反転させる。そして窓を背にして発光する観覧席上部に、まるで溶けるようにしてかき消えた。

わたしはそれを見ながら、爪が食い込むほど拳を握りしめた。

世間では一応進学校扱いされる希望ケ原高校でも、死に物ぐるいで勉強すれば、一番上の特待クラスに入れることがわかった。でもどれほど努力しても、どんなに願っても、かなえられない望みも世の中にはある。

希望ケ原高校のバスケ部スタメンが、コートに出てきた。今日は杉崎がスタメンの中にいた。

杉崎のチームと相手高校の背の高いジャンパー二人が、狙いをつけた場所にボールをタップする。ボールを捕まえたのは立川だった。杉崎にパスを出す。突破口を見つけたらしい杉崎が、身体をひねるようにしてドリブル体勢に入る。

杏奈も琴音もなげく。彼氏どころかまず好きな人ができないんだけど、と。高校時代の無駄遣いじゃない？　と。

苦しくて辛くて逃げ出したくなる報われない恋だけど、中高時代を通してこんな感情を持てたのは、贅沢なことなのかもしれない。

汗を散らしコートの中を縦横に走りまわる杉崎に魅入られながら、告白せずに卒業までこの痛みに耐える覚悟を固める。卒業して杉崎と離れる。そうすれば、三年インハイ敗退まで部活を続け、やり切ったと感じる生徒と同じように、この想いは未練を残さず昇華してくれるのだろうか。

階段の上り下りが多かったせいで腰が痛かった。脈打つような嫌な痛み方だ。痛みに、外の空気を切り裂くような閃光が重なる。稲妻だ。いつの間にか体育館の外は真っ暗になっていた。夏の豪雨にいきなり来る。

本当に豪雨？　わたしの目には豪雨に映っていても他の人にはそう見えていないんじゃないだろうか。

この世界は……、以前じゃ考えられないくらい杉崎と仲良くいられるこの世界は、確実にゆがみが強くなっている。いっそ捻れていると言ってもいい。

稲妻に驚いて外した視線をコートに戻せば、試合はうちの高校が僅差で負けてしまっていた。タオルを握りしめて涙をこらえる希望ケ原高校のバスケ部員たち。三年生はここで引退だ。それでも気丈に整列し、観覧席の自分たちの陣営にいる部活仲間に大きく頭を下げるベンチメンバーたち。涙を見せているメンバーもいるけれど、一様に清々しい表情をしていた。

その中からひとり静かに、逆方向のこちら側を振り仰いだメンバーがいた。杉崎だった。傷心だろうにわたしに小さく合図し、かすかに歯まで覗かせ無理無理の笑顔を作った。

あらぬ方向を見て会釈をする杉崎に視線をやり、怪訝に思ったのか隣にいた立川もこっちを見上げた。立川はわたしを見つけても合図を送ったりはしない。その瞳に静かな悲哀が満ちている。ここまできて負けてしまったのは立川にとっても悔しい限りなんだろう。

台風が上陸した。結局進路はそれてくれず、この地域は今後暴風域のまっただ中に入るらしい。今朝の天気予報では上陸しないで抜けて温帯低気圧に変わるはずだった。美里お姉ちゃんもそう言っていたし、うちのお母さんだってそう思っていたからわたしを黙ってここまで遠い街に送り出してくれたのだ。わたしも当然、帰りの電車の心配はしていなかった。もっとまめにチェックするべきだった。

「この暴風雨じゃあな、帰れないだろ、栗原（くりはら）」

そう眉根を寄せたのはバスケ部顧問の小山田（おやまだ）先生だ。

「全部の電車が止まってるんでしょうか？」

「そうだな、栗原。特にこのあたりは高速道路まで通行止めなんだよ」

そうなんだ。小山田先生は、この名門バスケ部をあちこちの遠征に安く連れていくために、自分で大型免許を取ったような人だ。バスケ部員はバスでここまで来ている。どうしよう。わたしもバスケ部が今日宿泊する予定の宿舎に、お邪魔させてもらうしか方法がないってことだろうか。

「うーむ。栗原女の子だしな、一応」

「一応ってなんですか、失礼な」

確かに男子ばっかりの中で寝るのはものすごく抵抗があるけど、他に方法がないんだから仕方がないと思う。先生もコーチもいるところで、まさか何かあるわけでもないでしょうに。

杉崎たちが二年になってすぐ、女子のマネージャーが二人一緒に辞めてしまったらしい。先輩マネージャーがいないせいか、一年生のマネージャー志望の子に集まってもらえなかった。こんなに強いバスケ部で珍しいことだと思うけど、今はマネージャー業も一年生中心に部員が兼任だ。つまり今、この部には女子がいない。

「この嵐で比較的近郊のチームまで帰れなくなってな。宿舎がかなりのすし詰め状態になってる。栗原ひとりの追加も難しい。弱ったな」

「えっ？　じゃあわたし、どうしたらいいんですか？」

小山田先生は腕組みをして首をたれた。

「いや、責任もって考える。ただうちの高校の生徒だけならともかく、素性のわからない他校の男子生徒が多い宿舎に栗原を泊めるのもなあ。どっかきちんとしたホテル――」

「先生」

そこで声をあげたのが杉崎だった。

「なんだ、杉崎」

「俺のばあちゃんち、ここからすげえ近いんすよ。そこに泊めたらどうですかね？　そこまで星莉と俺、バスに乗っけてってもらえませんか？　たぶん車なら五分くらいだから」

「いいのか、杉崎。たしかにこのぶんじゃ、ここらあたりのホテルも満杯の可能性がある」

「もともと俺が忘れたユニフォーム持ってきてって星莉に頼んだから。こいつんち、俺んちと五十メートルくらいしか離れてないんで」

そこで部員から、きゃー！　幼なじみぃー！　超やばい！　という女子的発想のヤジが飛んだ。

「まあまあ、まあまあ、まあな」

ヤジの方向に身体を向けて、両手で、静まれ、を意味するジェスチャーで応える杉崎。

そのやりとりをぼんやり眺めながら、わたしが相手でも〝超やばい〟なんてヤジが飛ぶのかと、こんな時なのに新鮮な驚きを覚える。

しかも杉崎の仲間に対するその返し。今までにない態度に戸惑いを隠せない。

「でも杉崎。いきなり行っておばあさん、泊めてくれる用意はあるのか？　迷惑じゃないのか？」

「田舎の日本家屋で広さだけはばっちりなんで」

「おひとりで住んでるのか？」

「そうです。一時期は一緒にこっちで住んでたばあちゃんで、俺もちょっと心配だったんで様子見に行けるならちょうどいいんです」

「そうか。それならいいか。正直助かる」

わたしの意思はまるで無視で、話がどんどん進んでいく。

杉崎のおばあちゃんの家？　今度の試合会場から近いけど団体行動だから寄れない、と確かに少しがっかりしていた。

そういえば杉崎家におばあちゃんが滞在していたことがあったかもしれない。確か数年前のことだ。

兄弟の歳が、杉崎だけ十も離れていて両親は共に忙しい。家族の人数が多いわりにふだんは人のいない家だった。

杉崎は小学生の頃、よくそのおばあちゃんからお小遣いをもらって遊びに行っていたような記憶もある。たびたび来ていた人なのかもしれない。

小山田先生はわたしの家に連絡して事情を説明し、杉崎の保護者に電話して了解をとりつけ、と慌ただしく動いていた。その横で杉崎もスマホでどこかに連絡を取り始めた。少し会話をしたあとに小山田先生に替わっていたから、たぶんおばあちゃんだろう。

なんだかおかしなことになってきたな、と思いながらわたしもお母さんと一度電話で話す。小山田先生が事情を説明してくれたあとだから話が早い。

不測の事態だというのに、杉崎とまた一緒にいられることに心が勝手に浮きあがる。わたしを送り届けたら宿舎にすぐ帰るんだろうけど。

「星莉ひとりで知らない家に泊まるのも不安だと思うんで、俺も今日、そっちに泊まっていいっすかね？　ばあちゃんのことも心配だし」

えっ!!　杉崎も泊まるの？　そりゃほぼ初対面の人と二人きりというのも心細いものはあるけど、でもそんなことってできるんだろうか。

「そうか、それもそうだが……」

思案する小山田先生に、側にいた立川が声をかけた。

「もともとは颯河がユニフォーム間違えるから、星莉がこんなところまで来るはめになったんすよ。知らない家にひとりとか、星莉、不安だろうし」

「そりゃまあそうだよなあ。緊急事態だし。おばあさんも杉崎がいたほうが何かと都合がいいだろうな。特別にお願いするか」

立川のあと押しが決め手になって小山田先生はＯＫを出した。

かくして暴風雨の中、小山田先生が運転するバスで杉崎のおばあちゃんの家に向かった。外はわたしが経験したことがないほどの激しい横殴りの雨が降っていた。大きな木の太い枝が、もぎ取られるほどの勢いで、わっさわっさと揺れている。

「これじゃ電車も止まるはずだよな。高速道路が通行止めになるのもわかる」

窓わくに肘を載せて頭をかしげ、外を見ながら杉崎が呟く。運転する小山田先生のすぐ後ろの席に、わたしと杉崎は並んで座っている。

「そうだね」

「それた、ってのは昨日の情報だったのか。ごめんな星莉」

「急に進路が変わったんじゃない？　今朝はみんなそれた、って言ってたもん」

「そうだよな。じゃなきゃこんなでかい台風、いくら体育館でも試合中止になってただろうしな」

「そうなんだ？　雨でもサッカーとかけっこうがんばってやるよね」

「ここまで大掛かりな大会だと、日程の組み直しがとんでもなく大変だから、ある程度は強行するけどな」

「なるほどね」

みんなでいても、今まではできるだけ杉崎と話さないようにしていた。二人っきりの会話はいつ以来だろう。

前の運転席の背もたれから杉崎が大きく身を乗り出す。

「先生！　道路のほうに向かって超揺れてる木、あれあれ！　あの木の向こう側のブロック塀がばあちゃんの家です」

片手で前の座席の背もたれを掴み、反対の手で前方を指さす。

「おっしゃ。了解」

低いブロック塀についている門の前にピタリと横づけで、小山田先生はバスを停めた。

傘がなんの機能も果たさない暴風雨の中、わたしと杉崎だけがブロック塀についている格子(こうし)の門を抜け、中に入らせてもらった。

挨拶(あいさつ)したいんだが申し訳ないな、と恐縮しながら小山田先生は車を降りることなくその場を去った。少し降りただけでずぶ濡れになる。場合が場合なだけに仕方がない。小山田先生にはまだたくさんの生徒の引率が残っている。

門から玄関の間は五メートルとないけれど、両脇には青々とした竹が密集して生えていて人を迎えるための道筋のようだ。風流で素敵だった。

「いらっしゃーい。あら颯河、ずいぶん大きくなったねえ。見違えたよ」

おばあちゃんが、玄関先でしずくを垂らして立つわたしと杉崎の前に、バスタオルを持って現れた。

「二人とも濡(ぬ)れちゃったねえ。雨が降ったんだって？　颯河がタオルとお風呂の用意しといてって言ってたけど」

そうだ、この人だ。杉崎が小学生や中学生の頃だけじゃなく、幼稚園とか、何度か時期をわけて杉崎家にいたはずだ。見覚えがある。

　わたしの後ろで杉崎が、建てつけのよくない引き戸を何度かガタガタ揺らし、ようやくぴたりと閉めた。

　えっ、と、わたしは小さく息を飲んだ。杉崎が戸を閉めたとたん、外の暴風雨が嘘のように家の中が静まり返ったのだ。ごうごうと吹きすさんでいた雨の音も風の音もまったく聞こえてこない。古い引き戸の玄関で、ここまで音が遮断されるのは奇妙だ。

「お風呂、順番に入りなさい。えーと……星莉ちゃん、だったわよね？　先に入ってね」

「あ、あの、ありがとうございます。栗原星莉です。よろしくお願いします」

　深く頭を下げる。緊張して面接みたいな挨拶になってしまった。

「ばあちゃん、急でごめんな」

　杉崎は慣れた様子でさっさと靴を脱いで上がり框に足をかけ、わたしにはおばあちゃんから受け取ったタオルを渡してくれる。

「こんなおばあちゃんの着るもので悪いけど、その服を乾燥機にかけるまでは、脱衣所に用意しといたTシャツとスカート着ててね」

「は……はい」

　杉崎より先にお風呂に入るなんて難易度が高すぎる。沸かしてくれたのはありがたいけど、とても湯船には入れそうもない。

シャワーだけ借りて手早く髪や身体を洗い、脱衣所に出る。下着だけは自分のものを、あとは置いてあったTシャツとスカートを身に着ける。杉崎のおばあちゃんは上にも横にもかなり体格がいい。Tシャツはあずき色、スカートは灰色メインの細かい花柄でひざ下丈、ウエストはぶかぶかのゴムだった。

貸してもらって申し訳なさすぎるんだけど、杉崎の前でお披露目するにはかなり抵抗があるスタイルだ。自分でどうにかひと工夫してかわいく！　と脱衣所の鏡の前で孤軍奮闘してみたもののむなしい結果に終わった。

そのあと、杉崎はおばあちゃんに、お風呂に先に入れ先に入れ、と二階からせっついていた。おばあちゃんは、はいはい、と素直にわたしのすぐあとに入ってくれたので、そこは安心してしまった。

無理にお風呂に入らされたおばあちゃんと入れ替わりに、二階から下りてきた杉崎が脱衣所に入っていった。

杉崎の背中を見送ってから広い和室のガラス戸に視線を移したわたしは、大きく目を見張った。杉崎が玄関の戸を閉めた時から、もしかしたら、とかすかな予感はあったけど、実際ヨの前にその光景が広がっていると驚きを禁じえない。

大きく開いたガラス戸から見える外の風景は、大空一面を、濃淡のある朱い筋雲が彩る見事な夕焼けだったのだ。

「星莉、すげえかっこだな」

庭に面した縁側の奥、畳の上で涼んでいるわたしへの、お風呂から出てきた杉崎の第一声がこれだった。

「サ、サイズとかぴったりだし。着心地さらさらでとってもいいし」

「ごめんねえ、そんなのしかなくて」

「いえ！　とっても素敵です！」

正座をしていたわたしはピッと背筋を伸ばした。

杉崎がぶぶぶっと噴き出した。

おばあちゃんが近くにいるのになんと答えればいいのか。学校以外の場で、同じ空間にいるだけで緊張するのに、あとからあとから対処に困る事態を持ち込まないでほしい。

杉崎は最初から泊まりの予定だったから、それ用のスポーツブランドの部屋着Tシャツにハーフパンツを持ってきている。自分だけ用意周到でそれもずるい。

「…………」

視線をわたしから外して、大きく開きっぱなしにしたガラス戸に移した杉崎は、一瞬あっけにとられたように見えた。けどなにも言わない。

わたしたちがいる畳敷きの広い和室は、障子を開けると廊下で、その向こう側は沓脱石のある庭に面した縁側だった。縁側と庭を仕切るガラス戸も今は開いた状態なのだ。熟れた実をいくつもつける柿の木が印象的な、ちょっと都会にはない広さの庭だった。

雨が降った形跡もなく、美しい茜色の夕焼け空が、ブロック塀の向こうまで遙かに続いている。

わたしには慣れてきた現象だけど、杉崎の場合はどうなんだろう。今まで、わたしは他の人とは違う風景を見ているんだろうな、と思うことはたびたびあった。

ただ、さすがに目の前のこの状況には杉崎だっておかしいと思うはずだ。だってわたしは暴風雨のために家に帰れなくなり、ここのお宅にお世話になることになったのだ。

にもかかわらず、杉崎は落ち着いた表情で口を開く。

「なごむな、こういう景色」

「たまにはいいだろう？　颯河」

杉崎は立ったまま、首にかけたタオルでこめかみの汗を拭いている。クーラーのないこの部屋で、七月の熱気は肌をすぐ湿っぽくする。

佇んで庭のほうを向くまなざしはただただ穏やかで、そこからもっと深い感情をくみ取ることは難しかった。

熟れた柿の実をつける木の上部、夕焼け雲の中を黒い鳥の群れが列をなして飛んでいく。郷愁をそそる、なぜか懐かしいと感じる光景だ。

「きれいですね」

いつの間にかわたしも、引きこまれるようにそう呟いていた。家の中は七月。庭から見える風景は柿の実がなる頃……秋だろうか。きれいだけどどこかもの悲しい。

「そうだろう？ ここは景色が抜群でね。お父さんが帰ってくるまで颯河たちのところにおいてもらうのもよかったんだけどね。お父さんが好きだった景色を見ながら待ちたいと思ったのさ」

「お父さん？」

「ああ、わたしのダンナさんのこと」

「そうなんですね。ご旅行とかですか？」

「高校時代の友だちとイギリスに観光旅行にね」

「わあ！ イギリスですか！ 素敵ですね！」

「ばあちゃん、今日、飯ってあるの？ 宅配って今日来たの？」

「宅配……。いつ来たかしらね。冷蔵庫に入ってるもので何か作るよ」

「俺、カレーが食いたいなー。この間、ルー置いてったからあると思う。星莉作れる？」

「作れるよ」

レシピを見ずに作れるものがカレーだけ。杉崎が、今たまたま食べたいものがカレーだったことに感謝だ。

「俺も一緒に作ってくるわ。ばあちゃん待っててな」

「えっ。颯河が料理なんてできるのかい？　火はあぶないからおばあちゃんが……」

「星莉がいるから平気」

まだ何か言いかけるおばあちゃんをそこに留めて、杉崎は、わたしの背を押すようにして台所に向かった。なぜかその途中で、お風呂場の脱衣所の前で足を止める。

「どうしたの？　杉崎」

「いや……。うーん、たぶんなんだけど、星莉の服、くちゃくちゃになってるかも、と思ってさ。ちゃんと始末しといたほうがよくない？　俺がやるのもなんだしさ」

「はい？」

さっき、おばあちゃんがわたしの濡れた服は乾燥機にかけると言っていた。乾燥機ってこの洗濯機と一体型のやつだよね？

杉崎が洗濯機をあごでしゃくるから、わたしはおそるおそる蓋を開けて中身を確認した。

わたしのカットソーとミニスカート、あと杉崎の試合用ジャージ一式がここに来た時のままの濡れた状態で入っていた。電源ボタンも押されていない。ずぶ濡れのままだ。

「え？」

「やっぱそうだよな。星莉、俺のジャージと一緒に乾燥かけてもいい？」

「うん。それはもちろん……」

「じゃ失礼」

杉崎はわたしの後ろから洗濯機を操作して乾燥を始めた。

「…………」

黙っているわたしのほうを見ずに杉崎は呟いた。

「ばあちゃん、時間が止まってるんだよな。わかった？」

「……うん」

話のやりとりにおかしなところはないけど、引っかかるものはあった。杉崎と玄関で最初に対面した時に、おばあちゃんはずいぶん大きくなって見違えた、と驚いていた。でも杉崎は昨日、試合会場がおばあちゃんの家に近いことをわたしたちに話した時、先月両親と一緒に行った、と言っていたのだ。

「心配、ってこういうことだったんだね」

おばあちゃんのことを話す時、心配と杉崎は口にする。花壇でも、さっきの体育館でも。

「俺のじいちゃん、イギリス旅行じゃなくて、もう亡くなってるの」

「えっ……」

「じいちゃんの病気が発覚して、もしかしたら先が長くないって知った時、じいちゃん本当に高校時代の仲間と二週間のイギリス旅行はしたんだよね。亡くなったのは俺が小学校の五年の時だったかな。受験の間際じゃなかったから五年だと思うんだけど」

「うん」

「もとから少しは物忘れもあったけど、そん時から急に程度が進んだのな。じいちゃんが生きてたイギリス旅行で記憶は止まってんの。ばあちゃんの中では、じいちゃんがいないのはイギリスに旅行中だから」

「……」

「日常のことはどんどん忘れるけどまあ普通に生活できる。俺と星莉の濡れた服も、途中までは何やるのかわかってたと思うけど、洗濯しないで乾燥だけかける、なんて機能はばあちゃんふだん使わないはずだからさ。モタモタしてるうちに濡れた服のこと自体、忘れたんじゃないかな」

「それで杉崎が小学校の五年の頃、おじいさんが亡くなった一時期、おばあちゃんはこっちに来てたの？」

「そう。俺んちみんな忙しいから家政婦さんがばあちゃんのために来てた。だけど、じいちゃんが帰ってくるからこの家にいなくちゃだめだって泣くから、どうにもならなくてさ」

「そうだったんだ」

「今はまだ一応ひとりでどうにか生活できる。直近のことは忘れるけど昔のことはよく覚えてるよ。独居老人の見守りボランティアの他に、親父が雇った家政婦さんに食事の用意はしてもらってる」

「家政婦さんが、ご飯作ってるんだ？」

「宅配業者の半調理品だけどな。長年やってきたし基本好きだから料理の手順は問題ないらしいけど、何をしてたのか忘れる時があるから、火を使われるのが怖いって親父が手配してさ。簡単でも新しいことが覚えられなくてＩＨも無理なんだ」

「そう……。いつも何してるの？　趣味とかあるの？」

「和紙のちぎり絵っての？　それをやってることが多い。夢中になるから時間忘れるんだよね。頼んでる人は近所の長年の顔見知りだからさ。合鍵で入ってもらって、ちぎり絵やってる間に食事作ってもらってる感じだよ」

「おばあちゃん、食事自分で作ってると思ってるのかな」

「どうだろうな。メニューの多い宅配業者を選んでるから、ばあちゃんが昔っからよく作るメニューを選択してもらってる。作ってくれてるのは、ばあちゃんと総菜のおすそ分けしあいっこ、みたいなことやってた仲がいい人だから、味もアレンジで似せてくれてるからね」

「そういう人がいてほんとによかったよね」

「マジでな。でもこれ以上進むと、もうひとりでここで暮らすのは難しい」

「そう、なんだね」

「親父が精神科の医者だろ？　大事な母親だし、気持ちのフォローはできるだけやろうと手を尽くしてるよ。薬も治験通ってすぐみたいな最新薬をのんでる。治験患者になることもあるよ」

「うん。それも杉崎のお父さんが精神科の第一人者だからできることだよね」

「そうだな。ばあちゃんはこの国にいる同じ病気の高齢者より、ずいぶん恵まれてるんだと思うよ」

「そうだね」

自分の大切な人はほんの数週間イギリス旅行をしているだけ、そう信じておばあちゃんはその生を全(まっと)うするんだろう。人としてこんな幸せなことはないように思う。だけど……。

わたしは縁側から外を眺めるおばあちゃんの背中を盗み見た。本当に幸せなんだろうか。料理も好きな人だったって聞いたけど、今はそれもしていない。慣れた土地だし知り合いも多いんだろうけど。

「ねえ、杉崎。おじいちゃんがイギリス旅行に行ったのは何月？」

「は？　さあ。でもイギリスは日本より寒いから東京でかっこいいコート買ってから行きたい、みたいなこと言ってたな」

「じゃあ秋かな。柿の実がなる頃」

家の中はちゃんと七月で蒸し暑いのに、おばあちゃんが眺める庭は秋だ。

「そうかもしれないな」

杉崎は素直に認めた。この不思議な世界は、思いの一番強い人の心象風景なんだろうか？

ここは学校みたいに知っている場所じゃないから、わたしの視界にも同じ景色が映し出されるのか。

「ねえ、杉崎。おばあちゃんもカレーって食べられるの？」

「ああ。食べるよ。俺がもっとずっとガキの頃も、面倒見るためにじいちゃんと二人で来てた時期があったのな？　その頃しょっちゅうカレー作ってたよ、ばあちゃん」

「杉崎はおばあちゃんのカレーで育ったのか」

「そういう感じよ、まさに」

「じゃあさ。三人で作ろうよ、カレー」

「え？」

「おばあちゃんだってたまには料理したら楽しいんじゃないかな。わたしたちがいる時くらいはさ」

「そうか。そうだよな。いつもはもと栓止めてるからガス使えないんだよな」

「そうなんだ」

配慮が細かい。忙しい杉崎のお父さんが、月に一度はここを訪れる。相当に無理をして時間をやりくりしているんだろう。テレビで精神病の解説をしているのも見たことがあるし、出張が多くて各地を飛び回る人だった印象がある。

「台所狭いけど三人で作るか」

「うん。呼んでくるね」

わたしは庭が見渡せる畳敷きの和室に戻った。色とりどりの和紙を広げた座卓を前に、おばあちゃんは、ぼんやりと庭を眺めていた。

すっかり陽が落ちて真っ暗だったけど、障子は開けたままにしてあり、廊下の向こうのガラス戸越しに庭が見渡せる。何箇所かに設置された暖色系のライトに映えて、紅葉した木々がきれいだった。

「杉崎くんのおばあさん、えーと、よかったら三人でカレー作りませんか？　杉崎くんの前でかっこつけてできるよ、なんて言ったけど、わたし実はそれほど自信ないんです」

座っていたおばあちゃんは、わたしを見上げると火を灯したように明るい顔になった。

「そうだろうねえ。あんたも颯河と歳は同じなんだろ？　最近の子は大きく見えるけどまだ小さいもんねえ。どれどれ」

おばあちゃんはよっこいしょ、と立ち上がった。おばあちゃんの中で、杉崎はまだ小学校高学年のままなのかもしれない。

おばあちゃんに案内されて台所まで行くとそこで杉崎が待っていた。裸電球ひとつが下がる古い台所だけれど清潔だった。隅には根菜を入れたダンボールが置いてある。おばあちゃんが、その中からいくつかじゃがいもとニンジンを取り出して、調理台の上に持ってきた。

それから冷蔵庫の野菜室を開ける。

「あらあら、あったあった」

おばあちゃんが取り出した濃い緑の塊を見て、杉崎がげげげげえーと声をあげる。杉崎の大っ嫌いなピーマンだ。

「ばあちゃん、カレーにピーマン入れるのは邪道だって何度も言ってるじゃん！」

「栄養があるんだよ。いつもはほんのちょっとしか入れないけど、悪さをした日のピーマンは倍だもんねえ。だけどどうせ颯河はピーマンよけちゃうじゃないか」

そんな取り決めが杉崎家にはあったのか。

「ピーマンをちょっとでも入れるとカレーがピーマン臭くなるんだよ」

「でも栄養があるんだよ。ピーマンよけても栄養はちゃんとルーに溶けだすからね」

「他の野菜でも栄養は取れるの！」

「好き嫌いのない子供に育てなくちゃ。かわいい孫だからね」

嫌いな野菜のことで言い合いをする杉崎は子供っぽくて、充分小学校の高学年で通りそうだ。

くすっと漏れてしまった笑い声が、言い合いの中、たまたま二人が黙ったタイミングで杉崎の耳に届く。

「なんだよ星莉」

「なんでもありません—

憤慨した杉崎の声も、ピーマンに過剰反応を示したあとじゃそう怖くなかった。

おばあちゃんがわたしと杉崎にレクチャーする形で調理は進み、おいしそうなカレーが出来上がった。

ご飯を炊くのに使ったのは、でんと調理台に置いてある高価そうな炊飯器じゃなくて、鉄でできたお釜。お釜のご飯を食べるのは初めて。お釜自体も見るのが初めてだった。

「感動！　なにこのおいしさ！」

ご飯がほくほくで甘い。わたしは涙目になった。

「久しぶりだな、この味、半端なく懐かしいわ」

口をへの字に曲げて眉間にしわを寄せながらも、ピーマンの入ったカレーを感慨深げに食べて杉崎は呟いた。

「おいしいだろう？　颯河」

「いや、まずい」

まずいって、杉崎。ピーマンが嫌いなのはわかった。だからってなにもそんなはっきりと作ってくれた人の前で……。わたしはおばあちゃんのほうを横目でそうっと覗いた。

でもおばあちゃんは、とても嬉しそうな満ち足りた表情をしていた。杉崎は子供の頃からおばあちゃんの前で、こうやって偽らない感想を口にしていたんだとわかる。

「やっぱり子供だねえ、颯河はまだまだ」

　そこで杉崎のスプーンを持つ手が止まった。

「俺はたぶん大人になってもピーマンが嫌いだよ」


　おばあちゃんは久しぶりに台所に立ったせいで疲れてしまったようだった。

　杉崎がおばあちゃんを休むように促(うなが)して、自分はカレーのあと片づけをした。それが終わったら二階へ行ってわたしの寝具の用意をしてくるから、星莉はばあちゃんと一緒にいてくれ、と言われた。

　わたしは乾燥が終わった自分と杉崎の衣類をカゴに入れ、おばあちゃんのいる和室に戻った。

　カレーを片づけたあとの座卓の前で、またさっきのちぎり絵の道具を並べている。

　すっかりかわいた自分の洋服。だけどわたしはこれに着替えず今晩はおばあちゃんの用意してくれたこの服で過ごすことにした。

　わたしのカットソーとミニスカート、杉崎の試合用ジャージやユニフォームを、おばあちゃんのいる和室で畳む。わたしと杉崎の服を一緒に畳む日がくるなんて、夢のようで手が震えた。

隣でわたしがその作業をしていても、おばあちゃんは何も感じていないようだった。自分が洗濯槽に放り込んだ濡れた服のことはすっかり忘れてしまったのか、乾燥が終わったからわたしが畳んでいると思っているのかは不明だ。

座卓で和紙を小さくちぎっているおばあちゃん。ちぎり絵ってこういうのをいうんだな。ひとりでいる時のおばあちゃんは静かな空気をまとっていて、どこか寂しそうに見える。イギリス旅行だと信じていても、やっぱりおじいちゃんがいないのは寂しいんだろうな。

「かわいい絵！　なんの絵なんですか？」

わたしはおばあちゃんの隣に腰を下ろした。

おばあちゃんが作りかけの絵には、中心に虫取り網を持った小さい男の子と、同じくらいの女の子が形作られている。その二人を覗き込むようにしてまわりに高校生くらいの男子がひとり、女子が二人配置されている構図だ。温かくて微笑ましい絵だった。

「孫たちなんだよ。これが颯河」

おばあちゃんは小さい男の子を指さした。

「五人？　杉崎くんに歳の離れたお兄ちゃんお姉ちゃんがいるのは知っていますが、同じくらいの女の子は従妹ってことですか？」

「この子はセリちゃんといったかな。颯河の幼なじみで一人っ子の女の子さ。颯河に兄や姉が多くて騒がしくしてるのに憧れてたね。ここに一度泊まりに来たことがあるんだ」

「ここに？　セリちゃんが？」

杉崎の幼なじみのセリちゃんとは、わたしのこと？　〝セリちゃん〟と、今、目の前にいる〝星莉ちゃん〟は、おばあちゃんの中で同一人物になってはいないんだろうか。

そしてわたしはここに来たことがある？　まったく覚えていない。

「親に弟か妹がほしい、ってずいぶん駄々こねたらしいよ。親もこんなかわいい子におねだりされちゃ大変だろうね。今はどうしているのかねえ」

「……妹、できたんじゃないですかね」

「そうだといいね、きっとね。颯河の初恋はこの子って決めとる」

わたしは笑ってしまった。

「それ、おばあちゃんが決めることですか？」

「だってかわいかったんだよ。健気でね。兄弟四人を見ながら自分は部外者だとわきまえてたところがあったな。たった五歳だったのに」

「この頃、五歳だったんですか」

「そう、確か颯河が幼稚園だった。兄弟が四人そろってここへ来たのはこの時が最後でね。そのあと、大きい子たちは学校の勉強やなにやらで忙しくてなかなかね。颯河だけはわたしが赤ちゃんの頃からずいぶん面倒を見たから今でもなついてくれててねえ」

「杉崎くんだけ歳が離れてますもんね」

その頃にはきっと、杉崎のお母さんはジャーナリストとしてそれなりの仕事をまかされていたんだろう。だからきっと、おばあちゃんが手を貸してくれた。

「えーと、セリちゃん？　だったかな？　歳のせいで物忘れがひどくてね。あっちの縁側に行こうか。ほうら、今夜はきれいな満月だ。蚊取り線香を焚けば蚊がこないよ」

「はい」

座卓に両手をついて立ち上がるおばあちゃんについて、わたしも移動した。

足もとの左右にうずまきの蚊取り線香を置いて、縁側から沓脱石の上に足を出す。テレビでしか見たことのない正統な日本の夏だ。このあずき色Tシャツ、灰色スカートじゃなくて、朝顔の浴衣にうちわなら完璧なのに、なんてどうでもいいことを考えた。

ふと縁側の上を見ると〝正〟の字が二つ書いてある開いたノートが視界に入った。

「なんですか？　これ」

なにげなくわたしはそのノートを取り上げた。

「ああ。お父さんがあと何日でイギリスから帰ってくるのか、記録をつけてるノートなんだよ。カレンダーにバツをつけたこともあるんだけど、歳のせいか何日だかわからなくなってねえ」

「……つまり今、十日たったってことですか？」

杉崎は、おじいさんが晩年に二週間のイギリス旅行をした、と言っていた。あと四日でおじいさんは帰ってくる。……でもおばあちゃんは、これ以上ここに正の字を書き足すことができないいんじゃないかと、なんとなく思った。

「たまに何日たったのかわからなくなる時があるんだよ。イギリス旅行、長すぎるんじゃないのかねえ」

「え」

輝く白い月に表情の乏しい横顔が浮かび上がる。おばあちゃんは静かに目を閉じて右手で反対の肩を揉んだ。

「いくらなんだって長すぎるよねえ」

そう呟くと、目を開けてわたしのほうに首をめぐらした。

「………」

「ねえセリちゃん、お父さんは、もしかしたら、もう帰ってこないのかい？　イギリスじゃなくて、もっと遠いあの空の上に行ったのかい？」

わたしを射抜くようにまっすぐに見つめた。

わたしは息が止まるかと思った。

わかっている。おばあちゃんはちゃんとわかっているのだ。ただ認めたくないだけ。

困惑と動転のため、わたしの瞳は不安定に左右に揺れる。どうすればいいんだろう？

なんて答えればいいんだろう？

そこでわたしの脳裏に浮かんだのは、さっきおばあちゃんがやっていたちぎり絵だった。

五歳のセリちゃん。杉崎の幼なじみの女の子のことを、おばあちゃんは、自分は部外者だとわきまえていたところがあった、と話していた。

〝おじいちゃんはまだ生きていて、イギリス旅行に行っているだけ〟というおばあちゃんのこの幸せな世界を、きっと杉崎も杉崎の家族も壊すことができない。

だけど、それはおばあちゃんが心の底の底から本当に望む世界なんだろうか？　真実に背を向け、子供に過剰な心配をかけながらひとりで暮らすこの世界が。

高名で多忙な医師である杉崎のお父さんに、無理をさせ続けること、孫たちにつねに心配をかけ続けること。

特に兄弟の中でひとり歳の離れた杉崎は、幼い頃は忙しい両親に代わっておばあちゃんに育てられたようなものだ。父親がこの家を訪れられない時は、代わりに様子を見に来ているんじゃないのかな。

今より症状が進めばここでひとりで暮らすことは難しい、と杉崎は嘆いていた。洗濯機のことにしろ料理をしている時にしろ、よく見ている。ずっと気遣っている。

「どう思う？　セリちゃん」

ここがもし、おばあちゃんの望む心象世界なら、セリちゃんはわたしで、その子は部外者だとわきまえた子なのだ。

部外者だとわきまえた子。五歳の子に普通そんな感想を持つだろうか。おばあちゃんはわたしに、部外者でそれを告げることに痛みが少ないと判断したわたしに、真実を告げる役目を託しているんじゃないだろうか。

わたしは横目で正の字が二つ書かれたノートを見た。おばあちゃんは、これ以上ここに棒を書き足すことは、誰かに背中を押してもらわなくちゃできないと思っているんじゃないだろうか？　その役目に選ばれて、わたしはここにいる？

「おばあちゃん、もし、もし、もうおじいちゃんが帰ってこないんだとしたら、どうするんですか？」

「颯河の家に行くよ。あそこでわたしの世話をしてくれる人、ってのを雇うと広大(こうだい)……颯河の父親だけど、広大は説得してくるのさ。老人会も近所にあるから、楽しい、とかね。颯ちゃんとちぎり絵教室もあるらしいよ」

「そうなんですか」

昔、我が家でも母方のおばあちゃんと一緒に暮らしていた時期があった。病気で亡くなってしまったけど、病が悪化して入院するまでのひとときをうちで過ごしたんだ。

つき添って何度か行ったことがあるけど、あの地域の老人会はすごく充実している。サークルの種類が私営大手の老人ホーム並みに多いと聞いた。月に一度はバスの日帰り旅行もあって、晩年のおばあちゃんは友だちが増えたと喜んでいた。

杉崎のおばあちゃんなら、きっとあそこで新しい友だちを作って楽しく過ごせるはずだ。杉崎のお父さんもきっとそう思って老人会の話を出したんじゃないかな。

「ねえセリちゃん、答えてくれるかい？　お父さんは、今、どこにいるんだい？」

「………………」

杉崎は、自分の大好きな祖母に、わたしが残酷な真実を告げたと知ったらどんな態度を取るだろう。おばあちゃんっ子の杉崎のことだ。もしかしたらもう二度と口をきいてくれないかもしれない。絶交されるかもしれない。それとも……そんな杉崎はぜんぜん、まったく、みじんも想像できないけど、すごくすごく怒って、殴られるかも、しれない。

でも、お父さんも大変だけど、杉崎だって来年は受験だ。自分の将来のことを考えて一生懸命勉強して、四組から一組に上がったのだ。

なによりおばあちゃん自身がきっと強く望んでいる。この世界から自分を引きだす残酷な役目を愛する者にさせないことを。きっとわたしは、そのためにここに呼ばれた。

「ねえセリちゃん、お父さんは、もう戻ってこないのかい？」

わたしはきつく目を閉じ、一度ぐっと唇を嚙みしめた。力を入れて嚙んだつもりなのに、こんな弱弱しい痛みじゃこれから口にする底冷えのする言葉には勝てやしない。

「セリちゃん」

「……そうです」

おばあちゃんに聞こえるかどうかの震え声が、空気を揺らした。

肯定の言葉とともに、冷たい涙が頰を伝う。この答えは、本当に正解？　こんな大事なことをわたしに答えてもらいたがっているなんて、最悪の思い上がりじゃないだろうか。

「星莉」

「えっ？」

いきなり後ろから、震えを抑えたような重低音が割って入った。振り返って仰ぎ見た先に、打ちのめされたような顔をした杉崎がいた。

「すぎさ……き」

「星莉ちょっと来い」

肩を強い力で摑まれて無理やり立ち上がらされる。

とっさにおばあちゃんのほうを見た。放心して口をきくこともできないようだった。

やっぱりわたしは間違っていた。自分の勝手な思い込みで、おばあちゃんの幸せな生活を壊してしまった。取り返しがつかない。

杉崎に二の腕をひっぱられるようにして、さっき三人で料理を作った台所まで連れていかれる。

「ご、ごめんなさ……」

謝って許されることじゃないのはわかっているけど、他になんの言葉も思いつきはしない。

わたしにすごい形相の杉崎が一歩詰め寄った。狭い台所なのに、杉崎の背後にある古い壁のひび割れがぐんと遠くなったような気がした。

わたしは反射的に横を向いて目をぎゅっと閉じ、唇を強く嚙みしめた。平手打ちをされても仕方がないことを、わたしはした。

痛みの炸裂(さくれつ)を待っていた頰を、かすかに震える何かが、とてつもなく優しく触れた。

「ごめんは俺のほうじゃん、人んちのばあさんのためにこんな泣いて」

「え?」

おそるおそる目を開け、正面にいる杉崎の瞳を捉(とら)える。それは薄闇(うすやみ)の中、猫の眼のような光をはなっている。

「星莉ごめん」

頬に一瞬触れた手を退(ひ)くと、後ろに倒れるようにわたしから距離をとった杉崎が、壁に背中をあずけるようにしてずるずるとしゃがみこんだ。そのまま両手でかきむしるように頭をかかえこんでうずくまる。

「杉崎」

どうすればいいのかわからない。気づくとわたしは杉崎の横に自分もしゃがみこんでいた。

「俺、マジで最低だ」

裸電球だけの暗い台所。板張りの床にしゃがみこんで、自分の頭をつつむ杉崎の、手の甲を這(は)う血管を、わたしはなすすべもなく見つめていた。

杉崎の肩が、腕が、拳が、小刻みに震えている。

わたしは杉崎の手におそるおそる触れた。必死すぎて自分が何をやっているのかわからなかった。ただ杉崎のこの震えを、どうにか止めたい。

ぴくりと動いた手の甲。わたしは反射的に自分の手をひっこめようとした。ひっこめるより先に、ひんやりとした指が、素早くわたしの手をからめ取った。節くれだった杉崎の五指がわたしのそれの間をすり抜け握りしめる。強い力だった。

二人で冷たい床と壁に身体をあずけ、互いに言葉を発しなかった。永久凍土を思わせる極寒の沈黙、そこに混ざる一パーセントの炎熱。妄想が勝手に感じとる。

おそらく何十分かの後（のち）、最初にぼそぼそと口火を切ったのは杉崎だ。

「ごめん、一番辛い役目をさせた。そんなつもりないのになんで……」

「……わたしのしたことは、正解？　選択肢が思い浮かばなかった」

「たぶん正解。いや俺にもわからない。きっと誰にもわからない。ただひとつ言えるのは、もうばあちゃんをひとりにしとくのは危なくて限界だった」

「…………」

「それから、ばあちゃんは絶対に、最後まで親父の母親でいたいはずだ。子供に無理をさせるのが本望のはずがないんだよ。そういう優しい人だった。ただ自分でもうそれに気づく能力がない」

「そうか……」

たぶんここはおばあちゃんの心が生んだ世界。杉崎とわたしが来たことで、もしかしたら室温だけは七月に変わったのかもしれないけど、基本はおじいちゃんがイギリスに行った秋のまま止まっている。

　わたしのしたことがよかったのかどうかは、杉崎が言うようにきっと誰にもわからない。でも、おばあちゃんがそう望んだような気がしたことだけは事実だ。わたしにも、ひと時を共に過ごしたおばあちゃんがいた。杉崎のおばあちゃんを前にすると思い出すのだ。

「星莉ごめんな、ほんとにごめんな」

「杉崎が謝ることじゃない。わたしが勝手にそう答えた。おばあちゃんは背中を押してもらいたがってると思ったの。そうすることに痛みの少ない誰かに」

「痛んでるじゃん。星莉の気持ち」

「杉崎や杉崎の家族の比じゃない」

　わたしでこんなに辛いなら、きっと親族じゃできないことだったに違いない。

　おばあちゃん。これからは安全な杉崎の家で、昼は老人会のたくさんの仲間に囲まれて、夜は家族と一緒に、幸せに暮らしてほしい。おじいちゃんの生きている世界でひとりぼっちでいるよりも、おじいちゃんはいないけど、家族と地域の人がいる世界で幸せであってほしい。おじいちゃんのところに行くまでは。

第四章　無人のプラットホーム

おばあちゃんの家に泊まった次の日、わたしと杉崎は、バスで迎えに来てくれた小山田先生やバスケ部員とともに東京に帰っていった。バスの車体は泥水のペンキをぶちまけたように汚れている。道路はあちこちに巨大な水たまりができていて、突風で木からもぎ取られた大振りの枝があちこちに落ちていた。

昨日は満月がぽっかり紺色の空に浮かんでいた、なんて言ったらみんなどう思うだろう。案外、ああそう、で済ませられるのかもしれない。

学校についてぞろぞろとバスケ部員がバスを降りる。最後に降りて小山田先生に挨拶をするわたしの後ろに、いつの間にか立川が立っていて仰天した。

「お前、平気だったの？　昨日」

「うん。杉崎のおばあちゃん、優しかったよ」

そう答えながら、おばあちゃんに与えてしまった重すぎる言葉を思い返し、気持ちが沈んだ。

最初に会った時と何も変わらない様子でおばあちゃんはわたしたちを送り出してくれたけど、心の中では何を思っていたんだろうか。

「そっか、よかったな」

珍しい。どうしてそんなことを気にしてくれるんだろう。おおざっぱな性格の立川らしくない。

「なによ、立川。今日はずいぶん優しいじゃない」

ふざけた調子で聞いてみた。

「なんかお前、顔色が超冴(さ)えない」

それだけ言うと、立川は背を向けた。

そうだったんだ？　バスの中では普通にしているつもりだったのに、知らず知らずのうちに顔に出ていたのかもしれない。立川なりに心配してくれたんだろうか。

去りかける立川の背中を眺めつつ考えていたら、いきなりくるりと振り向いた。

「星莉(せり)、明日って学校来られる？」

「明日？　疲れてないの？」

けっこうわたしはお疲れなんだが。

「いやもう平気。ほら。俺とお前、文化祭の実行委員じゃん？　夏休みの間にがっつり用意しないとできないだろ？　俺らのクラスって颯河とか椛島以外は、手伝ってくれそうにないもん」

「そうだった。そうだよね。じゃあ……午後からにする？　午前はちょっとキツイです」

わたしのほうも杏奈と琴音は、それなりに楽しんで手伝ってくれそうな気がする。最低でもそのくらいの人数はいなきゃ、病院探検迷路なんて複雑そうなものは作れない。

帰ってすぐ寝れば明日の午後には回復するでしょう。

「おう、じゃ一時でいい？」

「うん」

「俺も行くわ。二人だと大変だろ？　椛島も行くよな」

後ろで杉崎の声がした。

「え？」

そっちを向いたら、杉崎が少し離れたところでわたしたち二人を見ていた。

その申し出に立川がなかなか答えないから、どうしたのかと、もう一度立川のほうに視線を戻した。そのタイミングでやっと立川が口を開いた。

「マジ？　いいの颯河」

「いいよ。星莉も手伝ってくれそうなやつ呼べよ。三森とか伊藤とか来てくれそうじゃない？　病院探検迷路、かなり気張らないと難しいぜ。最後の文化祭だし、俺、ちゃんとやりたい」

好きなことには全力を傾ける杉崎だけど……文化祭みたいな学校行事を先頭きってやるタイプではなかったと思う。

うちの高校は、文化祭に三年生は基本的に参加しない。だから確かに最後の文化祭ではあるのだ。

「っていうか、もうクラスラインで回そうぜ。協力してくれる人数は多いほうがいい」

「うわ！　颯河、マジでサンキュー。最悪ほぼひとり、もしくは星莉と颯河と三人で全部作ることになるかと思ってた」

「なんで？」

「だって一組の連中もう受験で頭がいっぱいじゃん？　俺はもう文化祭までで完全燃焼でいっかなー、的な感じだからさ」

立川のなにげない一言に、なぜか強烈にひっかかるものがあった。文化祭までで完全燃焼。文化祭までで。文化祭まで。文化祭まで文化祭まで文化祭まで。

既視感という万力が、ギチギチと頭を両側から締めつける。

「……立川、どうして文化祭までで完全燃焼なの？」

わたしはわれ知らず呟いていたらしい。既視感の正体にいきついたからだ。

立川の瞳が意味ありげに揺らいだ。

「いや、別に理由とかないけど？　そのあと俺だって受験勉強するよ、一応。さすがに山室たちとは違うっての。もう一組の仲間だもーん！」

立川も杉崎同様、この中高一貫校で中一から問題視されている山室くんたちと仲がいい。山室くんは不良っぽくて、遊んでばかりいる筋金入りのお坊ちゃんだ。受験勉強に精を出さなくても、大学と名のつくところさえ出ておけば親の会社を継げるという噂だ。実際かなりのお金持ちだし、信憑性は高い気がする。

なぜそう思ったんだろう。わたしはカマをかけてみる気になった。すぐ近くにいる立川にしか聞こえないような小さな声でささやいた。

「一年の二学期の最初の日にね、ノートに、書いた覚えのない書き込みを見つけたの。……文化祭まで、とか、二人、って書いてあった。読めない部分ばっかりで内容はわからない」

メインでの警告は杉崎に関することだ。でもそんなことは話せるわけがない。

　立川は凍りついたように固まった。どうにかうまく口をきこうと努力しているように見える。何度か口を開きかけ、最後に、へえ、とそれだけを声に出すと不自然に黙り込んだ。そしてみるみる血の気を失っていくのがわかった。

「和樹（かずき）」

　明らかに今までと様子の違う立川に、心配した杉崎が足早に近づいてきてその肩を強く揺すった。

「あ……いや、うん。なんでもない」

「和樹、やっぱお前疲れてんじゃねえの？　練習続きのうえに試合のあとは、急遽（きゅうきょ）他校ごちゃまぜ状態の泊まりになったし。模試だってその間あったし」

「そうか。俺、疲れてんのか」

「明日は休んで明後日でもよくね？」

「そうだな。そんじゃ明後日にするか。星莉、明後日だって」

「うん」

「じゃ、明後日ってことで俺がクラスラインにあげとくわ。最後の文化祭だし興味あるやつはそこそこいると思う。一時でいいか？　和樹、星莉」

「おう」

「了解」

そこでその話は終わりになった。三人で駅に向かい電車に乗る。立川はつとめて普通にしようとしているように見えた。

立川が自分の駅で降りて杉崎と二人になってからも、会話はそれほどはずまなかった。杉崎もわたしも、おばあちゃんの話題には触れなかった。台風の暴風雨の最中にあの家に行って、あそこだけが季節も天気も違ったことを杉崎も疑問に思わず受け入れている。この世界に住む人はみんなそうだ。そして、わたしも今はそうだ。

駅まで自転車で来ていたけど、まさかここでひとりそれに乗って帰るのも変だから、それを引きながら二人で歩いた。たいした会話もないまま、杉崎家の前で手を振って別れる。ただいまー、と声をかけて玄関で靴を脱いでいると、お母さんがすっとんできて、鬱陶しいくらいに昨日の台風や向こうでの処遇について尋ねてくる。

「ごめんなさいー。疲れてるからあとでね。あとでちゃんと話す」

適当にいなして自分の部屋に入る。

わたしはあの警告ノートを取り出し、それを手にベッドにひっくり返った。

何度読んでも書いてあることは同じ。文章は足されることもなく減ることもない。

人の名前が勘違いされて呼ばれ、本人含めそれをなんとも思っていないという現象は、明らかに二年になってから増えた。一年の時もあったにはあったけど、そんなこともあるかも、くらいで済ませられる程度のもので、わたしはそれについて今ほどおかしいと突き詰めて考えたりはしなかった。

　よく思い出してみれば、人の名前が、わたしが認識しているものとは別の呼ばれ方をする時、それを一番最初に口にするのはいつでも立川だったような気がする。

　景色にしてもそうだ。花壇に桜の木が植えてあり、それが満開できれいだと、最初に言ったのは間違いなく立川だ。

　七月で桜が満開もないものだ。男子の季節感覚なんてそんなものなのか。それとも立川が相当に花や季節に疎（うと）いのか。

　確かに希望ケ原（きぼうがはら）高校を代表する花は桜だ。うちの高校を思えば強いイメージとして桜のある風景が心に浮かぶだろう。校門から昇降口までの桜並木。校庭のあちこちにある桜。体育館の横の樹齢百年の噂がある巨木。もっとも花壇に桜はないはずだけど、それもわたしの思い込みかな……。

　わたしはベッドに仰向（あおむ）けになり、大きく両腕を伸ばしてその手に見開きで摑（つか）んだ警告ノートを眺めた。

　後半の読めない文字群の中に浮かぶ、気力で書いたような三つの単語。〝虚〟〝二人〟

〝文化祭まで〟。

もしかしたら立川は、この正しい意味を知っているんじゃないだろうか。

わたしはあのノートのアドバイスに従って、かつてないほど勉強に邁進。結果、六組から一組に上がれた。そして立川も六組から一組に上がった。六組から一組への格上げは、進学クラスから特進選抜をすっ飛ばして特待に入ったという異例中の異例だ。立川も並の努力じゃなかったはずだ。

〝虚〟〝二人〟〝文化祭まで〟

〝虚〟ってなんだろう、と今までもいろいろ考えてきた。すぐ下のぐしゃぐしゃも、見ようによっては漢字に見えるのだ。虚無、とか虚像、虚言……。

そして、さっきわたしがカマをかけようととっさに思ったのは、立川が、文化祭まで完全燃焼でいっかなー、と口にしたからだ。文化祭まで。文化祭まで、と。

そんな言葉は文化祭が近くなれば教室や廊下のそこここで聞かれる。でも立川が言った、文化祭までで完全燃焼、には、何か特別な思いがこもっているような気がしたのだ。「気がした」というより確信した。

わたしは長いこと、この〝文化祭まで〟の文化祭を、警告ノートを見つけてすぐの一年の時の文化祭だと思っていた。知らずにその時期をやり過ごしてしまったと思いこんでいたけれど、この〝文化祭まで〟の文化祭とは、今年、二年の時のものなんじゃないだろうか？　それとも三年？　たぶん違う。うちの高校は文化祭に三年生は出ない。自宅学習のはずだ。

〝二人〟

この二人ってどういうこと？　誰と誰のこと？

「わからない。わからないけど……もしかして」

そこでわたしのスマホから着信音が鳴った。慌てでまだリュックに入れっぱなしだったスマホを取り出す。

「立川……」

液晶に浮かんでいたのは立川の名前だった。わたしは急いで通話のマークをタップする。

「は、はい」

「星莉？　俺、立川だけど」

「うん」

「あのさ、話があるんだけど」

「うん」

「早く話したいから明日でいいか？　文化祭の準備なくなったじゃん？」

「いいよ」

立川があの時蒼白（そうはく）になったのは疲れているからじゃなくて、わたしに核心をつかれたからだ。

「言っとくけど告白じゃねえから」

「わかるよ、ばか」

「わかるのかよ。ほんとはわかってねえじゃんか」

「え？」

「いや別に。どこにする？　お前んちのほうまで行こうか？　……いやダメだな」

一瞬、杉崎の顔が脳裏をよぎった。いや、ダメだな、と付けたした立川も同じことを考えたんだろう。

立川が疲れているという理由で、明日集まるはずだった文化祭の打ち合わせは明後日に延期になった。立川にうちの最寄り駅まで来てもらって、万が一杉崎と鉢合わせしたら気まずい。

杉崎はなんとも思わないだろうけど、わたしの自意識が、妙な誤解をされるのがどうしても嫌だと言い張る。

「立川の最寄りの駅にしようか。学校に行く途中だから定期がある。そこまで行くよ」

「そっか。それはサンキュー。そんじゃ一時でいい？　改札ひとつだから。改札でいいか。改札の外で待ってる」

「うん」

　次の日、わたしが約束の駅についた時、もうすでに立川はわかりやすい位置で待っていてくれた。

「飯でも食うか」

「そうね。でもわたし、起きたのが遅くて中途半端な時間に朝ごはん食べたから、そこまでがっつりはいらないかも」

「俺もそうだけど、ある程度がっつりいるかも」

　二人の意見の中間を取って無難なファミレスにしようと提案したのに、立川が、最近できたいい店がある、スイーツもいっぱいありそう、とやけに推すからそこにした。

　外観からして目をひく店だったけど、ドアを開けて、そこに広がる白い空間に思わず叫ぶ。

「うわあ！　めっちゃくっちゃかわいいじゃない！」

「だろ？　ちょっと俺ひとりだと入りにくい」

「だよね。立川がこういうお店に興味があったことが、唖然レベルの驚き！」

「うーん、まあね。ちょっと入ってみたかった」

「なんて女子的思考回路」

いかにも女子が好みそうな真っ白い内装。テーブル席は椅子じゃない。何時間でもくつろげちゃうような、大きな白いラタンソファにこれもまた真っ白なふわっふわクッションがいくつも配してある。海外リゾートのスイートルームにありそうなソファセット。行ったことないけど。

珍しい種類の巨大観葉植物の緑が、白い背景に映えている。

今度絶対に女友だちと一緒に来て写真を撮りまくろう。実際、まわりは女子のグループかカップルばかりで、料理の写真やお店の内装をバックに自撮りをしまくっている。

ここまで素敵なお店に来たのは初めてかもしれない。まだ興味がつきずにまわりを観察していたわたしの座るソファが、いきなりぽすんと沈んだ。見ると立川が隣に来ていた。

「なによ」

「せっかくだから写真撮ろうぜ」

「えっ、なんでよ」

「いいからいいから」

立川はわたしにくっついてきてスマホを持つ手を伸ばし、画面に二人がおさまるようにした。カシャッとシャッター音がする。

「やだもう！　立川、今撮ったの、アプリ使ってないでしょ？　盛れないっ！」

「アプリってなんだよ」

「写真の加工アプリだよ」

「ああ、あの女子が必ず使うやつね。俺のスマホそんなの入ってないもん。男でも入れてるやつは入れてるけどさ」

「変なとこで女子なのに、肝心なとこは男子だね。ねえ今の見せてよ。あんまり変だったら消してほしい」

「お前もけっこう言うことがいっちょまえに女子だな」

そこで注文を取りにウエイトレスさんが来たから、立川はわたしの正面に戻っていった。

メニューに載っているワンプレートランチの写真が素敵すぎた。楕円（だえん）の大皿に何種類も芸術的に盛りつけられている。

立川はそれを注文し、わたしは色鮮やかでかわいいケーキを選んだ。運ばれてきた実物を目にし、さらにテンションの上がったわたしは両方とも写真に収めた。

二人とも全部食べ終わってから、立川が本題をきりだしてきた。お店やメニューのあまりの素晴らしさに興奮しっぱなしで忘れていたけど、今日はこんなデートみたいな目的で会っているわけじゃない。

「昨日、星莉言ってたじゃん。一年の二学期の最初の日、ノートに覚えのない書き込みを見つけたって」

「うん……」

そこで不安になる。これは本当に立川にカミングアウトしてもいい話だったんだろうか。

「俺もだよ」

「え？」

「俺もまったく同じ。星莉と同じ日に、書いた覚えのない書き込みをふだんは使わないノートに見つけた。見つけたってよりもわざと俺に見せた、って感じだよ」

「だ……誰が？」

「未来の、俺？」

わたしは息を飲んだ。しばらく、次の句が継げなかった。

「な、何が書いてあったの？」

立川もそのノートの忠告に従って、無我夢中で勉強をして一組に上がってきたんだろうか？　でもそれも不可解な話だ。わたしが警告されたのは「二年生の時に杉崎に振られて地獄を見るはずだからとにかく離れろ、そのために一組に入れ」って内容だった。

じゃあ、立川は何のために勉強をして一組に入ってきたの？

「ノートに書いてあったのはさ、けっこう私的なことでさ。星莉に話せる内容じゃないんだけど……」

そこもわたしと同じだ。まったく一緒。

「でも〝文化祭まで〟とか〝二人〟ってのは書いてあったよ。それは俺、どういうことなのかわかった気がする。たぶんお前、その意味わかってないのかな、と思ったから」

「…………」

「っていうか、俺だって昨日お前にノートの書き込みのこと言われるまでは、〝二人〟が俺とお前のことだって確信がなかった。疑ってはいたけど」

「……わたしのノートにはさ、やっぱり立川と同じでかなり私的な忠告が書いてあったのね。人の名前が間違って呼ばれてもそれが普通に通るっていう、超常現象が日常茶飯事なの、おかしいよね？　立川、おかしいと思わなかった？　あれって、この世界が異常なことの証拠だと思うんだけど……。一組で最初にみんなでお弁当を食べた時、立川だけが驚いてるように見えた」

「こいつ確かここにホクロあったはずだよなあ、って思って視線をそらして戻したら、ホクロが出現してるって怪異現象にも俺遭遇したことあるぞ」

「それはやばいね」

「たまにだけど、俺だけ風景が違って見えたりな」

「立川にもそれ、あったんだね。この世界の人はみんなそうなの？　それで何も疑問を抱かないの？」

「いや、俺と星莉だけだと思う」

「……どういうこと？」

「ここは、仮想世界なんだよ、たぶん」

「え？　仮想世界？」

なにそれ、ゲームじゃないんだよ。

「星莉のほうのノートに何が書いてあったのかは知らないけど、俺のほうのノートにはそれっぽいことが書いてあるような、ないような」

「どっちなのよ」

「いやもう、字がきったなくて読めねえ。要領も得ない内容っていうか。未来の俺も、ちっとも文才がないみたいだな」

「わたしのほうもだよ。ものすごく急いで書いたみたいな字でさ。でもなぜか、自分の字だってわかるんだよね。大人になったらこういう字になるのかな、みたいな」

「わかる。まるで同じだわ」

「そうなんだ……」

　立川のノートとわたしのノートを突き合わせて検証してみれば、ある程度のことがはっきりするのかもしれない。だけどわたしがあのノートを誰にも見せられないように、立川もきっと、それをすることができない。

「わかんないことだらけだけど、こんな世界は永遠には続かない。〝文化祭まで〟っていうのは、たぶん今度の文化祭が終わる時にこの世界も終わるって意味なんだと思うよ」

「ええっ？　そう書いてあったの？　確実？」

「たぶんな。でもとにかく要領を得ない。ただ俺がこの世界でやらなくちゃならない使命みたいなことが、執念じみた文章でずらずらと書いてあってだな」

「……ふうん」

　そこも似ていると言えば似ている。わたしの場合、使命というよりは警告の色が強いけど。

「今の俺らが知りたい、この世界がなんなのか、ってことは曖昧(あいまい)なんだよ。伝えようとしてる意気込みだけは感じるんだけど。字の汚さだけじゃなく、どんどん文脈がおかしくなって途中で寝ちゃったの？　みたいな？」

「そこも同じだ。最後のほうはぐにゃんぐにゃんで筆圧がない。でもわたしのノートの後半にあった気力の塊（かたまり）みたいな文字が、〝虚〟〝二人〟〝文化祭まで〟の三つの言葉」

「それで俺が、文化祭までで完全燃焼でいい、って言った言葉に反応したわけか」

「うん。でもそんな……今度の文化祭までで世界が終わりって……」

　さすがにショックで口が重くなる。わたしのノートよりは立川のノートのほうが、この世界についてまだしもしっかり書いてある。

「星莉が言ってる、〝虚〟〝二人〟〝文化祭まで〟の言葉な？　たぶん二人っていうのが俺とお前のことで、それ以外のやつらは実像じゃないと思う」

「やっぱり……そうなんだ……よね」

　もしかして、と思ったことはあるけど、さすがに断言に近い言い方をされると、戸惑う。まだ受け入れることが難しくて、まるで実感がわかない。

「他のやつらはこの世界の異常さに疑問を持ってない感じだろ？　俺も星莉だけが、友だちの名前をみんなが間違って呼んでもすんなり受け入れられることに、驚いてるみたいに見えた」

「わたしもだよ。だからこそ立川が文化祭までで完全燃焼でいい、って言った時、カマかけてみる気になったの」

「カマねえ」

「ごめん。名前に食い違いが出る時とか景色がわたしだけ違って見える時って、必ず立川が最初にその人の名前を呼んだり、目の前の景色について何か言った時なんだよ。桜って七月に咲かないからね？」

「………」

立川はそこで、肘(ひじ)をついて親指の腹で唇の横をこすりながら思案顔になった。

「立川？」

「咲いたんだよ、桜」

「え？」

「二年前くらいの……えーと。とにかく一般的な桜の季節じゃなかった。夏か秋か冬か、よく覚えてないけど体育館の横にある、やたらでかい桜の樹にだけ花が咲いてさ。満開とまではいかないけどかなりの量の花をつけた」

「ああ！　あったあった。中三の秋だよ、それ。確か中三の文化祭のあとだったもん。けっこう校内で話題になってみんな見に行ったよね」

「体育館の横の出口ふさいでるような巨木じゃん？　みんな『くるい咲きだーやっべえ、

宇宙人が攻めてくるー』とか一瞬騒いですぐ忘れたのに、颯河だけがやけにこだわってよ。なんでこの樹にだけにナントカ現象が！　みたいな」

「そこでも杉崎の、不思議、謎大好き、が発動したわけか。季節じゃない花が咲くことを不時現象っていうらしいよ。不時って、その時期じゃない、って意味みたい」

「そうそう、そうだ不時現象。そんな名前だった」

「学校の行きか帰りかで一方的に受けた杉崎講釈によると、あの樹だけ樹齢が百年近い老木でね。弱ってて台風に耐えられなくて、葉がぜんぶ落ちちゃったんだって。夏の終わりの気温が下がるタイミングで一気に丸裸。寒くなったとこに秋の小春日和で春が来たと勘違いした、っていうのがあの樹だけに不時現象が起きた理由らしいよ」

「へえ、なるほど」

「だとしたら、今年も秋に桜が咲くかもね、すごい台風だったもんね、この間の」

「……ふうん、颯河、星莉にはあの樹一本だけがえーと、不時現象？　起こした理由、話してたのか。しかもお前も逐一（ちくいち）正確に覚えてんな」

「立川は杉崎から聞かなかったんだ？」

「そう。もう部の他のやつら、すっかり関心失くしてたから、颯河は特になにも言わなかった。でも俺、たぶんあの桜のことが、かなり引っかかってた。秋くらいまで体育館開けっ放しにして部活やるから、あの樹、毎日見てたしな」

「それで桜は春にばかり咲くものじゃないと、立川は認識しちゃったのかな」

立川はテーブルに肘をついて片手でおおげさに頭をかかえ、首をひねった。

「うーん、そういうこと、だったのかなあ。桜って……だよなあ。言われなくたって咲くのは三月末からだよなあ」

「おお。立川が日本人に戻った。おかえりなさい、立川くん」

「うん、ただいま……ってそれはもういいよ。けど、わかんねえな」

「え？」

「いや。文化祭まででこの世界は終わる、みたいなことはノートに確かに書いてあったからさ」

七月の桜ですっかりそれてしまった話が急にもとに戻ったから、今度はわたしが一瞬戸惑う。そうだ。ノートの内容の確認をしていたんだった。

「二人ってのも、星莉のノートと同じような感覚で書いてあったけど、誰のことかは言及してなかった。虚、って字はなかったと思う……けど、それ」

「虚像、って……こと？　虚無とか虚構とかいろいろ考えたんだけど。自分でもこの世界は……」

虚像の世界なんじゃないかと思い始めていた。でも思いたくなかった。わたしと、立川以外は、全部虚像だなんて、そんなの嫌だ。嘘だと思いたい。ずっと実感なんかわかなくていい。

「虚像なんだろうな。すげえ虚しいけど。未来の星莉は虚像とか虚構、って伝えたかったんだよな」

立川が、未来の星莉、と言った時のおさまりの悪さ。ずっと不可解に思っていたことも立川に聞けば何かわかるだろうか。

「立川、あのね。未来の自分がノートに何かを書いたんだとしたら、つじつまが合わないことがあるの」

「どんな？」

「確かに自分は未来のセリだ、って書いてあったの。信じてもらうためにいくつかこれから起こることを書くから、って」

「あーそれ！　俺もあったよ。それが信じる決め手だよな」

「おかしいところってなかった？」

「おかしいところ？　書いてあったことが当たらなかったってこと？　俺の場合は全部当たったんだよな。だから信じた」

「わたしも当たったといえば当たったんだけど。なんか変っていうか」

「変？」

「なかった？　変な感じ、受けなかった？」

「んー、違和感くらいは感じたけど出来事としちゃどんぴしゃだった。だから信じるしかなかったかな」

「そうか」

わたしは右手を口もとにもっていき、歯で親指の爪を強く押した。治ったと思っていた小学生の頃の癖だ。わたしの場合、記憶違いだけで済ますことができる事柄なんだろうか。

「星莉は違ったのか？」

「うん……。微妙」

「微妙？」

「わたしの場合はね、新学期の席替えで素美と席が隣になるって書いてあって、それは当たったの」

「おう」

「で、素美が、ケータイのフラップに貼った彼氏とのプリクラを見せてくるって書いてあったんだけど、素美のは当たり前だけどスマホで、スマホの裏側に森口とのプリクラが貼ってあったんだよね」

「は？　どういうこと？　フラップってなんだ？」

「わたしもわかんなくて調べたのよ。蓋のことみたい。直線を軸にパカパカ開け閉めする蓋。例えばダンボールの蓋とか」

「蓋？　スマホの蓋にプリクラが貼ってあったと、ノートには書いてあったってことか？」

「うん。おかしいでしょ？　でも、もしそれが二つ折りの携帯電話を指してるなら、上の、蓋になる部分はフラップって呼ばれてたのかもしれないと思って」

「え？　変じゃね？　未来からのメッセージだろ？　二つ折り携帯は過去の遺物だろ」

「まだ一部では根強い人気だけどね」

「じゃなに？　未来のお前は根強い人気の二つ折り携帯を使ってんの？」

「仮にそうだとしたって変でしょ？　過去のことを思い出して書いてるんだよ？　未来の自分にしたら過去だけど、時間的には今だよ今！　振り返ってるのはここにいる現在のわたし。素美が二つ折りの携帯を使ってたっていう思い込み？」

うーん、と立川は首をかしげた。

「それだけじゃないのよ。これも話すとややこしいんだけど……」

わたしは、妹の莉緒がテレビに激突した時の一件も立川に話した。薄型テレビじゃなくて、ブラウン管テレビだったら、莉緒はもっと大怪我をしていたかもしれない、ということを。

「……二つ折り携帯にブラウン管テレビか。わけがわかんなくなってきたな」

そこでわたしと立川はしばし黙り込んでしまった。複雑すぎる。

そして、ここで気を緩めると涙が出そうな感覚もする。この異様な世界に仲間がいた安心感とひきかえに知った真実。先生、友だち、親。そして……、そして杉崎。全部が、すべてが、まるごと虚像だったのだ。信じられないと思う一方で、もしもそれが真実なら、合点(がてん)がいってしまう。

「この世界はわたしと立川の意識が作り出してるってことなのかな？」

「そうなんだろ？　だから俺が強烈にここはこうだ！　と思いこんでいる風景やなんかはそれがまわりの虚像にも反映されるんじゃないの。七月に桜も咲くわけだよ」

でも実像のわたしには、それが桜に見えない。七月に桜は咲かないと知っているから。

わたしと立川はお互いの現況確認をして、この世界がなんなのかを考察したと同時に、そこから先に進む術(すべ)を持たないことを知った。

わたしの場合は警告、立川の場合は使命。二人とも未来から偶発的にこの世界に飛ばされたわけじゃなくて、なんらかの意図を持ってここにいるわけなのだ。未来に戻る方法がわからない以前に、戻るべきなのかどうかもわからない。

「確かに文化祭までこの世界は終わるんだね？　だから受験勉強なんか立川にとっては意味がなくて、文化祭に全力投球しようと思ったのか」

「そうだな。たぶんせっかく戻った高校時代なんじゃねえのかな、と思ってさ」

「文化祭まであと、二カ月か」

「おう」

「わたしもがんばるよ、なんだっけ？　病院迷路？」

「病院探検迷路！　この世界を創ってるのが俺とお前なら、一組のやつらって壮絶にがんばるタイプ！　とか思えばみんな動くんじゃないの？」

「そうか。そうかもね」

二年になってから、友だちの名前に食い違いが多かった理由がわかったような気がする。きっと現実の世界ではわたしも立川も、二年一組じゃなかったのだ。

一年六組の時に二人とも未来の自分からメッセージをもらわなかったら、きっと二年は同じように六組か、上がっても五組、下がっても七組くらいだったんだろう。わたしも立川もそのあたりの生徒は中学からクラスが同じになったことがあったり体育が一緒だったりで、ある程度の面識がある。名前を知っている生徒は多いのだ。食い違いが多くなかったのもうなずける。

でも二人とも一組に入ったことで、生徒の名前が曖昧になってしまった。模試の発表で名前は見たことがあっても実際の生徒と一致しない。立川には、バスケ部の椛島くんや遠藤くんから広がる交友関係が、もとから一組に多少あったのだ。そして彼が呼んだ男子はそういう名前だとわたしは認識した。

考えてみれば、その子名前間違ってるよ、とわたしが思ったのは、圧倒的に女子が多かった。立川は女子の名前の記憶があやふやだったのだ。

立川にいろいろ教えてもらえてよかった。


立川と別れた帰り道、ひとり電車に乗って自宅のある駅に向かう。暗くなった外が透ける窓ガラスには自分の顔が映っている。有名な美容院で切った肩より少し長い髪。立ち上げたまつげに塗った真っ黒のマスカラ。ピンクのリップに重ねたグロス。

これが、未来のわたしが望んだわたし。確かに今の自分のほうが好きだ。

楽しい青春を送ってほしい、というアドバイスだったから、最大限の勇気をふり絞ってやってみたいことは実行に移した。その甲斐あってか素美も珠希も、前よりずっとかわいくなった、と褒めてくれた。

でもその素美と珠希の反応は、わたしの求めたただの願望だったのかもしれない。

それなりに長いつき合いの素美と珠希。大好きなあの二人の性格がそれほどぶれているとは思わない。じゃあ、一組で新しく友だちになった杏奈と琴音は、実際はどんな子なんだろう。

このガラス窓に映るたくさんの乗客もみんなが虚像で、すべてが虚構だと知ってしまった今、わたしは明日からどうやって生きていけばいいんだろう。

そもそもわたしは生きているんだろうか？　なんのためにわたしと立川、二人だけがこんな虚構の世界に放り出されてきたんだろう。立川と話している時はほとんど実感のなかったこの世界の現実は、冬山の遭難さながらじわじわと身体(からだ)と心の温度を奪う。

腰がなんとなく重い。痛い。高校二年で腰痛だなんてまわりの友だちにもいない。思えばこの腰痛も、あの一年の新学期を境に始まったような気がしなくもない。この世界に適応しきれていない体の不調が、こういう形で出てきているんだろう。

自分の家の最寄り駅につき、腰に手を当てながらふらつく足どりでホームに転がり出る。わたしはそのままホームに設置されている椅子にへたり込むように座った。

バッグを抱え、ぼんやりと目の前を行き交う虚像の群れを眺めていた。

今日、家に帰ったら、お母さんや莉緒に普通に接することができるだろうか？　沈んだ気持ちで玄関ドアを開けたら、お母さんならおそらくこうふるまうとか、こうしてもらいたいとか、わたしの深層心理がすうっと働く。それを反映した行動をとるんだ、お母さんは。

そこに聞きなれた着信音がした。ラインだ。

わたしはのろのろとバッグの中からスマホを取り出した。ラインのアイコンをタップすると立川から二件メッセージが入っているのが目についた。開いてみると一件は写真で、さっきのあの真っ白い海外リゾートのようなお店で、二人で撮った写真が貼付されていた。もう一件、フキダシの中には「思いつめるなよ、楽しいことだけ考えようぜ」と超前向きなセリフが綴られていた。

楽しいことだけ、か。そうだね。あと二カ月でこの虚構の世界が終わりなら、楽しいことだけを考えていればいいのか。

「立川……ありがと」

まわりになんか聞こえないほどか細い声だったと思う。

「へえ、今日は和樹が疲れてるから文化祭の打ち合わせ、明日に延期になったのに、今まで二人だけで会ってたんだ？」

いきなり後ろから響いた低いかすれ声に、わたしは驚いて振り返った。

「杉崎……な、なんでここに?」

並んだ椅子の背もたれの向こう側、真後ろに杉崎が立っていた。

「いちゃ悪い? 山室たちと会ってたんだよ。俺とお前の最寄り駅だろ?」

「そ、そうか」

「なるほどねえ。今日山室たちには、和樹は疲れてるから声かけないって伝えたんだよ、俺の一存で。でもお前とこんなことしてたんなら充分余裕あったじゃん」

ライン画面を開きっぱなしにしたままのわたしのスマホが、いつの間にか杉崎の手の中にあった。杉崎が、わたしを〝お前〟と呼ぶことはわりと珍しい。

わたしはそれを取り返すこともせずに、杉崎をまっすぐに見つめていた。

この人は虚像なんだ。未来のわたしからの警告ではクラスが落ちるはずだった杉崎が、どうして一組に上がってきたのか。今ならそれがわかる。わたしがそう望んだからだ。自分でも気づかないほどの心の奥の奥のほうで、強く、激しく、わたしはそれを切望した。

一年の新学期から今日までのすべての杉崎の言動は、わたしの願望の塊だ。自分を、こんなに醜(みにく)いと思ったことはない。

警告ノートを見つけたあの日、すでに杉崎が今日は優しい、とわたしは感じていた。

この間のバスケの試合でユニフォームを忘れた杉崎が、わたしにそれを持ってきてほしいと頼んだことも。台風で帰れなくなって、杉崎のおばあちゃんの家に二人でお邪魔したことも。おばあちゃんの家で起こったあれこれも。全部全部、わたしの願望が作り上げた産物だった。

家族がおばあちゃんに告げにくいことをわたしが代わりに告げたことを、杉崎は責めずに感謝してくれた。あの家はおばあちゃんの心象風景なんかじゃなくて、わたしのそれだったのだ。

覚えてはいないけど、おばあちゃんが言ったように、わたしは本当にあの家に行ったことがあるのだ。忘れてもうどこにもないと思っている記憶も、実は脳の中で眠っているだけだという説を聞いたことがある。

今、杉崎にスマホを取りあげられ、立川とのライン画面を見られたわたしは、彼にどんな行動をとってほしいんだろう。それは間違いなくこれからわかる。

「杉崎……」

杉崎はわたしのスマホ画面をタップした。おそらく立川と写っている写真を拡大して見やすくしたのだ。

「あいつ、こんなしゃれた店よく知ってたな。どこまで二人で出かけたんだよ。文化祭の集まりは延期したくせに立派なデートだな」

皮肉っぽい口調で一気にまくしたてると、口もとをゆがめて笑う。

「違うよ。別に遠くじゃない。それは立川の家の最寄り駅にある店だよ。最近できて立川は興味があったんだって。わたしと一緒のほうが入りやすいし、わたしも一応女子だからこういうのが好きだと思ってくれたみたいだよ」

「へえ、一応、女子ねえ」

「そうでしょ、生物学的には。もういいでしょ？　返してよ」

わたしは杉崎のほうに手を伸ばした。

「じゃあ答えろよ」

肩のあたりでスマホをチラつかせ、わたしの背後から、並んで設置されている椅子を回って正面に来た。

「なに？」

「何のために会ってた？　昨日、和樹はやたらと疲れてた。それを無理やり会おうってお前が誘ったのかよ？」

杉崎は身をかがめてわたしにさらに詰め寄る。身をのけ反らせるも顔の間隔は、三十センチとなかった。

なんだこの豹変プレイは。こんなのをわたしは望んでいるのか。杉崎が、ここまでわたしと立川が二人で会っていたことに反応する意図がよくわからない。だって杉崎の言い方は、漫画なんかの女子願望展開にありそうな、立川にヤキモチを焼いているシチュエーションとはちょっと違っているから。どちらかというと、立川に無理をさせたわたしに腹をたてているように聞こえる。

「ごめんなさい」

「は？」

「立川、疲れてたのに無理に会ってごめん。でもほんの数時間しか会ってない。立川の家の最寄り駅にしようって提案した」

「ふうん、やっぱお前が誘ったのか」

「…………」

それは微妙だけど、わたしの疑問を解消してくれようとしたんだ、立川は。

「俺が聞いてるのはどういう理由で会ってたのか！　ってことだよ」

「それは……」

この世界で息をしているのは自分たち二人だけだと、立川が教えてくれた。そのために会っていた。そんなことを答えられるわけがない。

もし……。もしそう答えたら、目の前のこの虚像はどうするんだろう。

虚像、だよね。杉崎に限ったことじゃないけどこの世界の虚像はよくできすぎている。ここまで接近すると、文字通り息がかかりそうだよ。

「思いつめるなよ、楽しいことだけ考えようぜ」

「……え……？」

一瞬遅れて、さっきわたしのスマホに立川が送信してきてくれた気遣いの文言だと気づいた。

「楽しいことだけ考えるんだってよ？ もうお前らつき合ってるってことなのかよ？ 浮かれたかっこもするようになったわけだよな」

杉崎はそう言ってわたしの髪のひと房を、その手に取った。

「つき合ってないよ」

杉崎が手にしたわたしの髪の上部を、素早く手で梳いた。杉崎の手からわたしの髪が抜け落ちる。一瞬、手と手が触れた。

虚像だとわかっていても、杉崎に、他の男子とつき合っていると決めつけられることは、胸が焦げるほどに苦しい。喉もとまで苦い液体がせり上がってくる。

しっかりしろ、わたし。未来のわたしが、杉崎を好きでいるのをやめて、地獄を見るよ、と警告してくれているのに、ちっとも実行できていない。あのノートを見つけてからもう一年近くがたつにもかかわらず、この人をまるで思いきれていない。

「星莉……」

かすれきった重苦しい声にはかすかな甘さが宿る。背骨を稲妻が駆け抜けてゆくようだ。杉崎の手からわたしのスマホが滑り落ち、スチール製の椅子にぶつかって甲高い音をたてる。スマホの消えた杉崎の手が、わたしの頰(ほお)に伸びてきた。指先が震えている。あの日の、あの暴風雨の夜の、そこだけが満月だったおばあちゃんの家の台所での出来事のように。

そろそろラッシュの時間帯で、この駅だってサラリーマンや学生でいつもはいっぱいになるはずなのに、今はわたしと杉崎しかいなかった。

杉崎は頰に一瞬触れた片手をわたしの座っているスチール椅子の背もたれにあずけ、大きくこっちに身を乗り出した。

「つき合おうぜ、星莉」

鼓膜を、求め続けた声が震わせる。虚構の世界じゃなければこんな奇跡は起こらない。決意と、ほの暗い嫉妬(しっと)を含んだ声。こんなのは完全に禁じ手だよ。

結局、これがわたしの望んだ杉崎のあり様(よう)か。

「うん……」

好きだ杉崎。中一の末から高校一年九月までの三年弱。忘れようともがき続けたこの一年。そのすべての歳月は、杉崎の気まぐれな一言にいとも簡単に屈服する。

ごめんなさい、未来のわたし。

自分よりももっと守りたいものがこの世にはあることに、わたしは気づいてしまった。たとえそれが、虚像の心という不確かな流動体だとしても。

杉崎からの告白、と警告ノートと形は違っているけれど、それでも禁止事項にはかすっている。わたしはこれから地獄を見るのかもしれない。

でも、この告白を断るだけの強さがないという理由だけで、杉崎を受け入れるわけじゃない。そう誓える。虚像の杉崎が傷つくよりも、実像の自分が傷つくほうを選ぶ。何度同じ瞬間が訪れても、きっとわたしは同じ選択をする。

暮れてオレンジ色に発光する、人のかき消えたプラットホーム。椅子に座るわたしの上に覆(おお)いかぶさるような格好になった杉崎の肩に、わたしはおずおずと両腕を伸ばした。

◇2◇

ベッドの上にぺたんと座り枕を抱きしめて、駅での出来事を思いおこす。

虚像とはいえ、いくらなんでも……。白昼夢だったのかもしれない。

わたしも実は相当に疲れているんだ。模試が終わった次の日には、杉崎のユニフォームを届けに他県まで行って台風で帰れなくなり、慣れないお宅に急遽宿泊。そこから帰宅したと思ったら、今度は立川にこの世界は虚構だの、自分たち二人以外は全部虚像だのと、目からうろこの現実をつきつけられた。

寝よ寝よ。それが一番。

腰をさすりながらわたしは枕を定位置に置きなおし、枕もとまで伸びる充電コードをスマホに差し込んでベッドにひっくり返った。そこで軽快な機械音がした。

「ぎゃっ！　なにっ？」

ああ、ラインか。たかだか聞きなれたラインの着信音に、わたしは仰天して飛び起き、ベッドの上に正座した。もう午前一時だ。目が冴えて眠れなかったけど、こんな時間のラインにびっくりしてもそれは正常か。

スマホを確認して心拍数がさらに跳ね上がる。杉崎だった。

おそるおそる開いたラインにはこうあった。

〝寝てるよな星莉、もし起こしちゃったらごめんな。なんか眠れなくて。これからよろしくな。おやすみ、カノジョ！〟

ねっ！　寝れるかよっ！　こんなラインもらって。

わたしは膨らみきって破裂寸前の水風船を受け止めた時さながら、戦慄を覚えてスマホを放り出した。軽く空中に跳ねたスマホはぽすんとベッドに落ちた。用心しながら拾い上げ、震える指先を画面の上で滑らせる。

〝わたしも寝れなくて起きてたよ。えーと、これからよろしくお願いします〟

こんな面白みのないラインしか返せない。

〝けっけっけっ！　星莉、彼氏なんてできたの初めてだもんな〟

茶化すような返信が来る。だけど本当のことだからどうしようもない。ずっと杉崎だけが好きだった。モテなかったけど、仮にモテたとしてもわたしに彼氏はできなかったはずだ。

〝うん、そうだよ。きっと初めての彼氏で緊張してるんだね笑笑〟

素直にそう返した。杉崎はわたしが初めての彼女じゃないはずだ。スパンはすごく短かったと思うけど、告白されてつき合ったことがあったはずだ。あの時期、胸がつぶれそうに辛かった。

〝俺も初めてだよ〟

違うじゃない！　と打ち返そうとしたら、すぐ次のラインが来た。

〝こんなに好きな子とつき合うのは、初めて〟

なんだこれ……。スマホの画面を二度見する。

わたしの脳内妄想はいったいどうなっているんだ。いくらなんだってこれじゃ現実からかけ離れすぎていてホラーの域だ。自分の杉崎に対する執着の強さをあなどっていた。このままじゃどんな恐ろしい返信が来るかわかったもんじゃない。

〝おやすみなさい〟

そう打ち返してわたしは横になると、布団を頭までひっかぶった。そのあとスマホが光って杉崎からも、おやすみ、と返信が来たのを確認して、わたしは覚醒（かくせい）しきった脳みそを持て余しながらもきつく目を閉じた。杉崎からのありえない殺し文句がつまったスマホを、胸にぎゅっと抱きしめる。

虚像なんだ。それでも嬉（うれ）しい。あとからあとから涙があふれて喉もとをふさぎ、とても眠れそうになかった。

未来のわたしに心底聞きたいけれど心底聞きたくない、素晴らしく整然とした究極の二律背反（アンチノミー）。現実の高校二年でわたしにあった地獄の日々ってなんだったの？　告白を受け入れてしまったから、筋書きは違うけどこれからそれは起こるの？

警告ノートのメッセージとは多少違って起こった、素美と森口のスマホプリクラや莉緒のテレビ激突事故が脳裏をかすめる。どうしても覚悟は必要なんだ。

　そしてメッセージの一番大事な部分を想起する。

　二十四時間側にいて、わたしを守れるのはわたししかいない。この選択を後悔はしない。でも、できる限りわたしはわたしを守ろう。


　寝たのかそうじゃないのかわからない時間を、ベッドの中で悶々とスマホを抱きしめて過ごした。でもお母さんが起こしに来た時、わたしはしっかり眠っていた。

「星莉、朝よ。今日、お昼頃から学校で文化祭の集まりがあるって言ってたわよね？　そろそろ起きなくていいの？」

　そうだった。

「え、今、何時……？」

「もう十時よ」

　あんなに寝つけなかったのに、十時までぐっすりか。あとからあとから湧いて出る奇妙な現象に、実はわたしも相当混乱して精神的にへとへとなんだろう。

　重い頭を押さえながら起き上がり、スマホに視線を落とす。ラインの未読通知数がすごく多いことに気づいて、わたしはアイコンをタップした。二年一組のクラスラインが賑わっていた。クラスラインみたいな大きなグループは、通知音を切ってある。

覗(のぞ)いてみると、杉崎が、文化祭で準備に時間のかかりそうな出し物をやるから、できるだけ多くの人に参加してほしい旨(むね)を呼び掛けていた。それに応(こた)えて想定よりかなり多い人数が、今日の集まりに参加してくれることを知った。

病院探検迷路か。うまくいくといいな。いい雰囲気にまとまりつつある一組で、高校二年の楽しい思い出ができればいい。

しみじみ感慨(かんがい)にふけっていたところに、ラインの着信音が響いた。

「ぎゃっ！」

また杉崎だった。杉崎からのラインに悲鳴をあげなくなる日は来るんだろうか。そんな日が来る前にこの世界が終わる気がする。

〝学校一緒に行こうぜ。十二時でいい？　俺んちに迎えに来て〟

ドキドキしながら杉崎のラインに、了解しました、と返信すると、わたしは学校に行く支度にかかった。

制服を着てから警告ノートを開いてみる。後半の読めない文章の中に浮かぶ〝虚〟〝二人〟〝文化祭まで〟。

〝虚〟の文字の次はやっぱり〝像〟だ。一度確信してしまうともうその形にしか見えなかった。この世界ではわたしと立川、〝二人〟以外の人間はすべて〝虚像〟なのだ。そして〝文化祭まで〟でこの世界は終わる。

それが、わたしと立川の死を意味するのかどうかは不明だけど、いずれにせよこの世界が普通じゃないことは明らかだった。理解不能だった三つの単語の示すところにも納得した。

未来のわたしが警告する〝ジゴク〟の意味だけはわからないけど、それだってたったの二カ月だ。ここまで状況が変わったのなら、もしかしたら地獄もなくなったりしてね。

「かかってこいよ」

挑むようにノートを指で軽くはじく。

虚像であろうとなかろうと、わたしの杉崎に対する気持ちは変わらない。どうしても変えることができなかった。でも彼の言動は、わたしの願望が作り出した都合のいい産物だという事実だけは心に刻んでおこう。決して勘違いはするまい。

約束の時間に、大きなダークブラウンの格子門(こうしもん)についているインターホンを押すと、制服を着た杉崎がすぐに姿を現した。いつもの様子となんら変わらない。わたしの彼氏になっただなんて、冗談みたいだ。

並んで歩くと、杉崎のいる右側が痺(しび)れているような感覚がする。

虚構世界の終わりまであと二カ月。願わくば、この幸せがその瞬間まで続きますように。それが欲張りならば、一分一秒でも長くこの位置にいられますように。

高校について二年一組の教室に入っていくと、なんと集まった人数が十六人だった。二十二人しかいない一組だから、実にその数、四分の三くらい。特待クラスは大学受験にしか興味がないと思っていたのに、やっぱりみんな高校二年を謳歌（おうか）したいんだろう。高校二年は青春の象徴なのだ。

「夏休みだけしか時間がないし夏期講習に通ってるやつがほとんどだから、俺が一応、勝手に係を割り振った。都合の悪いやつは友だち同士で交換するなりしてくれ。教室も確保した。事務棟の教室じゃ狭すぎるからな」

立川を中心にみんなが輪を作って説明を聞く。立川は文化祭実行委員らしく、自分で作ってきたプリントをみんなに配る。

病院探検迷路とは、要は夜の病院がコンセプトのお化け屋敷と迷路を合体させたものだ。さすが頭のいいクラスは遺伝的に違うのかと感心させられたのは、なんと病院の子息が二十二人のクラスの中に三人もいたのだ。言わずもがなひとりは杉崎だ。

杉崎のお父さんは勤め先が巨大総合病院だから、組織上、協力が期待できそうにないらしい。でも残りの二人は個人病院だった。もう使わない看護師の制服とか、持ち出しても支障のない器具を貸してもらう交渉を親にすると請け合ってくれた。実現すれば、かなり真に迫った夜の病院が出来上がる。

「楽しくなってきちゃったな。いろいろ考えてるとさ」

立川の作ったプリントを見ながら杏奈が声を弾ませる。わたしは杏奈と琴音と三人並んで立っていた。

「だよねだよね。わたし、ナースやってもいいよ」

琴音もやる気満々だ。

「ナースやお医者さんは迷路の途中でお客さんに問題を出すんだって。問題ができないと先には進めない」

ゲームみたいでわくわくする。

杉崎に駅で告白された時にも思ったことだけど、杏奈も琴音もとても虚像だなんて思えない。腕に触れれば確かなぬくもりが返ってくる。その一方で、妙に性格の輪郭（りんかく）があやふやだと感じることもあるのだ。

この世界はやがて終わりを迎える。でもせっかくの楽しい高校二年だ。わたしはみんなが虚像だのこの世界が虚構だのと、極力考えないことにした。

目前に迫っている瞬間を平然と受け入れて、それまでを楽しもうなんて常軌を逸した感覚に、われながら不気味ささえ感じる。世界がゆがんでいるのなら、そこに身を置くわたしまでが毒されるのだろうか？　そういう客観性は残っているらしい。

山積みの宿題と学校や塾の夏期講習の傍ら、どうにか時間を作って病院探検迷路の制作に出てきてくれる一組の生徒たち。その中にあって宿題はおざなり、講習にはまったく出ないわたしと立川は、率先して文化祭準備に取り組んだ。

実行委員の二人だったからそのこと自体、みんなの目に不自然に映ることはなかったらしいけど、杏奈や琴音には何度も、宿題もあなどっちゃだめだよ、と釘をさされた。

「みんな大変だよね」

たまたま学食の自販機の前で立川と二人になった。二人で缶ジュースを買って自販機に並んで寄りかかる。立川は喉を鳴らす勢いでジュースを飲んでいた。とにかく暑い。

「だよなあ」

材料の買い出しでホームセンターに向かう一組の生徒数人が、学食に面した校庭を横切って歩いているのが視界に入る。八月。気温は三十四度。夏本番だ。

「うわ！　熱中症にならなきゃいいけど……。買い出しなんてわたしが行くのに。講習も宿題もやってないんだから」

「星莉がしょっちゅう行ってるから今回は声かけなかったんだろ」

飲み終わったジュースの缶を、立川は自販機の隣の分別用ごみ箱に放り込む。

「立川は迷路の全部を把握してる現場監督だから、抜けられないしね」

「なんか悪いよな。俺たちだけぜんぜんベンキョーしないでこれ一本、っていうのも」

「立川、ほんとに文化祭でこの世界終わりだよね？　これで終わんなかったらわたしたちの宿題、評価が壊滅的だよ？　学力だって急降下だからね？」

「いや、うーん。そうなんだろ。だってそう書いてあるんだもん」

「あーあ。提出が夏休み明けだから、先がないってわかってるのに宿題やらなきゃならないとか、最悪！」

わたしも飲み終わった缶をゴミ箱に捨てた。

「俺、取りあえずなんか書いただけ、ってくらい適当だわ。文化祭前に再提出だったら目もあてらんねえな」

「わたしも適当なんだけど、それ以前に一組って授業も宿題もやっぱ難しいよね。わたし、ついていくのがやっとだよ」

「俺もだよ。つーかぜんぜんわかんねえ」

塾の映像授業を辞めちゃったからかな。

人がいないにもかかわらず、この手の話をする時は、自然と肩を寄せ合い小声になってしまう。

「ってか星莉、お前はそこまで病院探検迷路に時間割かなくていいよ。せっかく颯河とつき合えたばっかかじゃん。あの頃はまだつき合ってなかったし、女子で仲いいやつがお前しかいなかったから安易に指名しちゃったけどさ」

「ああ、うん……」

「こっちは想定よりはずっと人数増えたからもっと颯河といろって。それこそ時間ねえぞ」

「うん。でも──」

あんまり一緒にいるのもそれはそれでなんだか怖い……。

「星莉っ」

「おっ！　噂をすれば彼氏の登場じゃん」

事務棟近くの出入り口から学食に入ってきたのは杉崎だった。

「何サボってんだよ、こんなとこで二人で！」

「別にサボってないよ。ちょっと喉が渇いたからジュースを──」

「来いよ」

杉崎がわたしの手首を握ると自販機の前から引っ張った。その時、反対の腕をなぜか立川が摑んだ。反射のような瞬時の動作に驚いた。すでに杉崎はわたしたちに背を向けている状態だった。

立川はほんの短い時間で腕を放したけど、他力で前に移動していたわたしの身体ががくんと瞬間動かなくなったことで、不自然に感じたのか杉崎は振り向いた。まずわたしの顔を見、次にすでに放されている腕に視線を落とし、最後に自販機にもたれている立川を見据えた。刹那(せつな)、冷えた沈黙が漂った気がする。

「なんだよ颯河」

「いや別に」

杉崎はそのままわたしをその場から連れ去った。

「颯河、星莉、もう戻ってこなくていいぞー。夏休みなのに文化祭準備で遊ぶ暇のないかわいそうなリア充たちよ」

わたしたちの背中に立川の声が追ってきた。

「マジだって！　こんなのでリア充って呼べるかよ」

杉崎も背中で返事をした。

そのまま昇降口に向かおうとする。

「え！　杉崎ほんとに帰るの？」

「いや。実行委員のお許しも出たことだし、どこか遊びに行こうぜ。もう毎日じゃん。文化祭準備」

「わたしも実行委員なんだもん」

「なんでそんなのを引き受けるんだよ」

「だって」

学校行事に邁進する〝いかにも青春！〟がしたかった。今までそういうクラスの中心になる仕事に興味はあっても勇気がなくて、手をあげることができなかった。たまたま立川が指名してくれたこともあって、未来のわたしに背中を押されたのだ。

しかしながら、とぼやきたくもなる。

好きな人とつき合うという究極の願望が具現化されたこの世界なのに、文化祭実行委員が決まっていたわたしに、デートにあてる時間はまるでなかった。毎日一緒に登下校するくらいが関の山だ。

最初からそのつもりで学食に迎えに来たのか、杉崎はもう自分のスクールバッグをクラスから持ち出していた。わたしは杉崎を昇降口に残し、一組に自分のそれを取りに戻った。

「どこ行きたい？」

「うーん、やっぱり海がいい！　夏は海！」

「泳ぐの？　水着は？」

「杉崎の前で水着とか無理だよ」

「なんだ残念」

　そうしてわたしたちは長いこと海方向に向かう電車に揺られ、汐（しお）の匂いに満ちた町までやってきた。遠出デートは初めてだ。電車の中で、昨日上の姉ちゃんが作った夕飯がやばかった、とか、ドラマは今これを観てる、とか、そんな取り留めのない会話を延々とするのが、驚くほど楽しかった。

　駅から、汐風にあおられながらのんびり海岸までの道のりを歩く。ついた時、空はすでに茜色（あかね）で、海水浴客はひけていた。人の姿はまばらだ。

　二人で制服のまま、砂の上に体育座りをする。せっかくだからと杉崎が靴や靴下を脱いで裸足（はだし）になったから、わたしもそれにならった。足裏に直接触れるざらざらした砂の粒。夏の感触がした。

　海まで来たのに足だけでも水に浸かることなく、二人で寄せては返す波をぼんやり眺めていた。ここのところ文化祭の用意で校内を走りまわることが多かったから、こんなにのんびりすることは久しぶりだ。

「なあ」

しばらくしてから杉崎がいきなり口を開いた。

「なに？」

「和樹と二人でいること、なにげに多くない？」

さっき、自販機の前でなぜか立川に腕を掴まれた。反対の手首を握っていた杉崎は、それに気づいたんだろうか。

学校の登下校中、たまに恋人らしい甘い雰囲気になることがある。これほど大好きな人とそんなムードになっているんだから、素直にその流れだけに身をまかせればいいのに、わたしにはうまくそれができない。いつも唐突に思い出してしまう自分がいっそ憎らしい。目の前にいるのはわたしの望む虚像だと。

今もそう。この杉崎の発言は、きっとわたしが心の奥底で望んでいるものなのだ。

初めの頃は杉崎の言動に翻弄（ほんろう）されてただあたふたしていた。でもこの世界の真実を知り、それに慣れ始めてからは、甘い雰囲気になればなるほど、これは虚像なんだと身構えるようになってしまった。そうすると恋する心は澄（す）んでいき、ついには自分で感情にブレーキをかけて態度をはぐらかしてしまう。

いくら主(あるじ)がわたしの虚構世界といえど、実体の杉崎が望まない展開に持ち込むことに抵抗がある。いや、心の芯棒が、そんなのは虚しすぎると訴えているのかもしれない。

だけど杉崎といられる世界の終わりまで一カ月を切った今、もういいかな、少しくらいならおいしい思いをしてもよくない？　なんて不道徳な気持ちが湧いてきた。

「気になる？」

「別に」

杉崎はぶっきらぼうに答えた。

「素直になっちゃえば楽だぞー」

わたしは隣に座る杉崎の肩に、自分のそれをぶつけながらふざけて笑った。

夕暮れの逆光線の中、目をすがめてこっちを眺める杉崎の表情は、どこかやるせなく、苦しそうにさえ見えた。

だけどこんな言葉遊びの末には、きっと望むセリフを引き出せる。そんなことまで見通す余裕が出てきた。

「星莉が先に素直になれば俺もなってやるよ」

なるほどそうくるか。

「好き」

「………」

「杉崎が、大好き」

杉崎を直視し、初めて正直な気持ちをぶつけた。なのに……。

杉崎は不意にわたしから視線をそらせると、この場にそぐわないことを呟いた。

「……俺、めちゃくちゃ狡いことしてんのかも」

「え？」

「こんな権利ってないのかも」

「………」

「最低すぎて……自分で自分が嫌んなるわ」

「………」

誰もいないプラットホームでつき合おうと言われたあの時のように、わたしを落としてからの甘い展開なんじゃ、と、思っ……。

……だけど杉崎は、もうわたしに視線を向けず、波打ち際に立つ白い泡だけを睨んでいる。横顔には、いまやはっきりと濃い苦悶の色が浮かんでいた。彼の手もとに視線を落とすと、じゃりじゃりと砂を握りつぶしていた。すごい力を入れているらしく、指が白く変色している。

「杉崎……」

心の膜に、じわじわと血がにじみ出してくるようだった。

星莉が先に素直になれば俺もなってやる。そう豪語したくせに、ついぞ杉崎の口から、わたしが口にした告白と同じ言葉を引き出すことはできなかった。

帰りの電車の中、行きはあれほど楽しく騒いでいたのに、二人ともほとんどしゃべらずに自分たちの町に帰ってきた。

杉崎の家からうちの社宅までは数十メートルしかない。でもつき合うようになってから、杉崎は必ず社宅の前まで送ってきてくれるようになった。

「じゃあな」

「うん、じゃあね」

わたしが社宅のゲートの奥に消えるまで見送っていてくれる。

わたしは肺の空気をすべて吐き出すほどのため息を落とし、玄関ドアを開けた。

「星莉、おかえりー」

「ただいま」

「ご飯は？」

「いらない。ちょっと疲れたの。寝たい」

わたしはお母さんのあっけらかんとしすぎる声に背を向け、自分の部屋に逃げこんだ。そのままベッドに吸い込まれるように両手をついた。前のめりで頭を下げる。

「欲張りすぎた」

わたし、欲張りすぎたんだ。

でももうわけがわからない。だったらどうしてつき合おうなんて言ったの杉崎。わたしはあんなにも避けてきた。忘れようと努力してきた。

ぼたぼたと大粒の涙がベッドに落ち、シーツを水玉模様に変えてゆく。

ここはわたしと立川だけが主の仮想世界。結局わたしが心の底で望んでいることが現実になると信じてしまった。だからこそ杉崎はわたしに告白なんかしたんだと。

なのに。この世界はあまりに精巧にできすぎていて、わたしの深層心理は願望に勝って反映される。杉崎が、本当はわたしのことなんかみじんも好きじゃないと、一番よくわかっているのはほかならぬ自分自身なのだ。

ひどい……。地獄とは、こういうことを指していたんだろうか。

明日、杉崎から別れを告げられるのかもしれない。断じられる前にわたしから断じてしまおうか。

だけど海でいい気になってあんな醜態をさらしたあとだ。どんな顔をして杉崎に会えばいいのかわからない。

まんじりともせずに翌朝を迎える。

わたしはすっかり怖くなってしまった。毎朝一緒に登校していた杉崎に、準備があるから先に行く、とかなり早い時刻にラインをして家を出る。俺も行くよ、とラインが戻ってきた時にはすでに電車に乗っていた。

もう八月の半ばをかなり過ぎている。九月後半にある文化祭まで時間がない。実行委員のわたしは、多忙を理由に杉崎とできる限り接触しないことにした。

実際、病院探検迷路の制作を率いる実行委員のわたしには、片づけても片づけても次の難題が出てくる。時間がいくらあっても足りなかった。

杉崎には、実行委員としてどうしても病院探検迷路を成功させたいから、文化祭までは別々に登下校しよう、時間がまったく読めないの、と連絡を入れておいた。

それでもラインだけはよこせよ、電話で話くらいはできるだろ、と食い下がるから、ラインの調子が悪くてすぐに入ってこない、文化祭が終わったらショップに持っていくから、と完全に逃げ回っている。

わたしが今忙しいなら、文化祭が終わってから別れ話をしようと思っているかもしれない。そうなれば、わたしはこの世界では最後まで杉崎の彼女でいられる。

杉崎も宿題や部活があるのによく手伝ってくれていると思う。講習は学校のものにも塾のものにも出ていないみたいだけど。

部活がある立川に代わって、わたしが総監督をする時もあった。実際一番時間があるのはわたしだったから、忙しくしようと思えばいくらでもそうできたのだ。

「いいのか星莉。最近颯河とぜんぜん話してないだろ？」

「うん。でもわたしもどうしてもこの文化祭を成功させたいんだよね」

壁掛け時計の針は、午後七時半を指している。今、教室にいるのはわたしと立川二人だけだ。まわりにはまだダンボール箱をつぶしただけのものが山積みだ。グレーに着色されて、迷路の壁になるのを待っている。

「なんかさ、星莉、颯河に対して悲愴（ひそう）なほどの近寄るなオーラが出てんだよな。なんだよ、喧嘩（けんか）？　もうあとちょっとしか一緒にいられないんだぞ？」

「……いいの」

「お前がよくても俺がなあ……。ところかまわず時間かまわず、超恨みがましい目で睨まれてるからな」

「誰に？」

「颯河に決まってんだろ?」

そこでわたしは巨大なハケを持ったまま、袖口をまくった腕でこめかみを強く押さえた。

「そういうところが、ほんとによくわかんないよね、この世界って。っていうか、それは立川の思い過ごしなんじゃないの?」

この世界の主は本当はわたしと立川じゃなくて、なにかもっと大きな力が働いているんじゃないかと思う時がある。それも、わたしをいたずらにもてあそぶような邪悪な力が。

「いや思い過ごしじゃないって! 颯河がお前のことを真剣に思いつめてるのははっきりわかる。だからもうこの病院探検迷路はいいから文化祭まであいつと一緒にいろよ」

「いいやつだね、立川って」

「いや、それが俺の……」

「え?」

「なんでもねえよ」

「真剣に思いつめてるとか言ったって、所詮あいつだって虚像でしょ? そんなのおかしいよね」

「……そうなんだよな。でも妙にリアルだよな。この世界の虚像は」

「それも人によらない? 二年になってから仲良くなった杏奈や琴音は、正直、たまにのっぺらぼうみたいに思えちゃう時があるの。でも前から仲がよかった素美や珠希に対してそう感じることはないんだよね、不思議と」

「それは俺も思うな。二年になって一組に上がってからの友だちより、バスケ部とかもとの六組とか、前からつるんでる山室とかのほうがずっと人間味があるっていうか。うまく言えないけど」

「ノートを見つける以前からの友だちは、わたしたちが実際によく知っている、ってことなんだろうね。現実の世界でわたしたちはきっと一組じゃなかったんじゃないかな。それにしても、山室くんと仲いいよね。立川も……杉崎、も？」

「山室のあのまったく空気を読めないところとか、想像力のないところ？　めっちゃリアルでさ、たまにお前ほんとに虚像か？　って聞きたくなる」

　この学校一番の問題児である山室くんと、立川はいまだに仲がいい。でも、立川以上に気が合ってなにかといえばくっついていた杉崎は、一年前にくらべて山室くんとかなり距離ができたような気がする。誘われれば一緒に遊んでいるけど、一年前みたいに二人きりでいるところをほとんど見ないのだ。虚像同士の関係性まで変わっていくというこの世界の現実は、いったいどうなっているんだろう。

「空気読めない、想像力ない……か。ふうん、山室くんってそんな子なんだ」

「すげえいいやつなんだけどな。たまに仲間うちでもめるな。悪気がないだけになおさら始末が悪い」

「ふうん」

じゃ、虚像の山室くんと虚像の杉崎で、何かあったんだろうか。それは両方を知っている立川の深層心理？　なんて綿密な虚構空間なんだろう。

まだまだ終わりの見えない病院探検迷路。しゃがんで膝をついた姿勢で何時間メイン通路に使うダンボールをグレーに塗り続けたことか。ふう、これじゃ腰も痛くなるはずだよ、とハケを持っていないほうの手で右腰をさする。

次の瞬間、ガラリと横開きの前扉が開いた。

「まだやってるのか、お前たち。もう八時過ぎだぞ？　許可を取れば何時まででもいいというわけじゃないんだぞ。明日から新学期だろ！」

「はあーい」

名前を思い出せない先生が前扉の入り口に立っていた。

二年一組は、生徒数の関係で今年は空いている教室を使わせてもらっている。いちいち片づけをしなくてもよくて、次に来た時にはすぐに作業に入れるところが非常に効率的だ。

第五章　ゆがむ世界に君の影

新学期になった。適当もいいところの宿題を提出し、いくつもの教科を再提出のハンコつきで戻された。休み明けすぐにあった確認テストも散々だった。宿題すらまともにやっていないんだから当たり前だ。

宿題の再提出も確認テストのやり直し提出もあったけれど、先生たちも期限は文化祭後にしてくれている。

とにかく目の前の文化祭のことだけに意識を集中させた。わたしと立川（たちかわ）はじめ、杉崎（すぎさき）や椛島（かばしま）くん、杏奈（あんな）と琴音（ことね）がやたらやる気を見せているから、クラスメンバーのほとんどがノリノリで協力してくれている。

あっという間に日にちは過ぎていき、明日はもう文化祭。みんなのおかげでハイクオリティな病院探検迷路が出来上がっていた。

文化祭は二日間。最後の日には盛り上がる後夜祭もある。

　この世界の終わりは文化祭の最後までなのか、日付の変わる時までなのか、立川のノートにも詳細な記述はなかった。どちらにしてもあと三日以内にここはあとかたもなく消えてなくなる。

「文化祭終わったらさ、どこの店で打ち上げやろうか?」

　文化祭を明日に控えた放課後、病院探検迷路を実施する教室で最終調整を終えたあと、準備の間にすっかり仲良くなった椛島くんがそう口にした。

「あ!　わたしいいとこ知ってる。お好み焼きのお店だけどすごく種類が多いの」

「どこどこ?」

　杏奈の提案にすぐに琴音が食いついた。

「えーとね、ここだよ」

　杏奈がスマホで店を検索しているまわりに男子や女子が集まっていく。

　一組に入った時は、不安も大きかった。それがこんなに仲良くなったのに、この子たちとのつき合いもあとほんの少しでおしまいになる。

　わたしや立川がどうなっちゃうんだろう、とはたまに考える。でも今までこの世界の他の友だちのことを案じたことはなかった。だって最初から存在しないもののはずだから。

　今、初めて実感として身に染みる。このクラス自体、まるごと消えるんだ。

わかりきったことで、納得もしていた。それなのに予期していなかった涙が一気にこみあげ、あふれそうになった。

わたしは沸きたつ教室の後ろ扉からそっと廊下に出た。迷路は完成していて、まわりはグレーの壁だらけ。わたしひとりが姿を消したところで、それに気づく生徒はいなかった。

誰もいない女子トイレで、わたしはこみ上げる吐き気と戦い、大量の涙を流した。さよなら、素美、珠希、杏奈、琴音。そして、そして杉崎。明日と明後日は、一切湿っぽくなるのは禁止だ。ここで仲良く日々を送った友だちと、文化祭を目いっぱい楽しもう。


文化祭当日、わたしは忙しく立ち働いた。感傷にふける間もなく時間が過ぎていく。ありがたいような、もったいないような複雑な気分だ。

催し物の中にお化け屋敷は他にもあって、そっちも大盛況みたいだったけど、二年一組の病院探検迷路も負けていなかった。琴音は、他の女子三人とともに迷路の中でお客さんに質問をするナース役に扮している。

親が病院を経営している神原さんが、今は使用していない型落ちのナースの制服を持ってきてくれて、それを着ている。萌えもかわいさも皆無で、丈はしっかり膝下まである病院規定そのままの制服だ。そこが暗い病院の雰囲気と相まってリアリティ抜群だ。

希望ケ原高校の文化祭ではどこのクラスの催し物が一番よかったかを競い、優勝した団体にはトロフィーの授与がある。トロフィーにつけるヒラヒラ長い赤いペナントに、毎年の優勝団体の名前が刻まれる。二年一組の病院探検迷路はそれを狙っている。お客さんアンケートで順位が決まる趣向だ。

力を合わせて成し遂げた甲斐あって、長い行列ができるほどの大盛況だ。わたしは裏方に徹したけれど、これが案外一番忙しいんじゃないかと思えた。うちの高校の生徒の兄弟、特に小学生が入るとかなりの確率で怖がって壁に激突する。ダンボールでできた迷路の壁が倒れる事態がしょっちゅう発生し、わたしはそれの修復に走りまわった。

チームで待機していて連絡が入るとその場に駆けつける。そんなことを一日やっていたらあっという間に日が暮れてしまった。

そのあと、ぞろぞろと他のクラスが帰宅する中、応急処置をしながら一日運営していたら崩壊寸前にまでなってしまった病院探検迷路の修復のため、一組は相当数の生徒が教室に残った。

しかしほぼ全部の壁の修復は思った以上に時間がかかった。補強のダンボールも必要だし、どう工夫しても使い物にならなくなってしまった箇所もあった。けっこうな量のダンボールを近所の大型スーパーに貰いに行き、新たに色塗りをする。

九時を越しても作業は終わらず、先生に頼み込んで十時までは残らせてもらうことにした。修復のために残ってくれたメンバーで家が遠い女子が何人か早くに帰ったけれど、ほとんどの生徒が残ってくれた。

みんなで真剣にひとつのことに取り組むのは大変だけど、言葉にするのが難しいほどの充足感がある。わたしはグレーのペンキがついたハケを動かしながら、こんな素敵な思い出も消えてしまう遣(や)りきれなさに、涙がこぼれないように眉間(みけん)に力を入れ続けるはめになった。

真っ暗な帰り道、達成感に満たされて十人近くで校庭を横切り駅方面へ。明日もがんばろうな、それが終わったらみんなで打ち上げだな、後夜祭楽しみだな、と口々に激励の言葉を放つ。

わたしは一番後ろから、クラスメイトの晴れやかな横顔を眺めていた。

自宅の最寄りの駅についた時は、当然ながらわたしと杉崎と二人っきりになってしまっているわけだ。非常に気まずい。

言葉少なに杉崎の家の前を二人で通過し、うちの社宅の前までやってきた。広いゲートに向かって歩き、そこをくぐったら、そのまま、じゃあね、と手を振るつもりでいた。ゲートの前で杉崎が立ち止まった。

「星莉(せり)」

「……なに？」

「明日の文化祭、お前当番外れただろ？」

「う、うん」

みんなが、わたしがあまりに準備段階から動いていたから、最終日くらいは友だちとまわっておいでよ、と気遣ってくれたのだ。

「誰とまわるか決めてるのか？」

「杏奈と琴音」

わたしはこの世界が終わったら、本来自分がいるべき場所に戻る可能性を信じたかった。そこに素美と珠希はいるかもしれない。でもたぶん、杏奈と琴音はいない。

「じゃあ昼間はあいつらとまわれよ。でも夜は俺につき合って」

「……でも、その、わたし、実行委員だし。最後は仕事がいろいろあるよ。立川ひとりじゃ悪いし」

「和樹(かずき)に背中押されたよ。お前、ほんとにそれでいいのか、って」

「え？　どういう……。でも杉崎とは文化祭が終わったらいくらでも会えるし——」

「星莉はもう知ってんだろ？　文化祭の日の日付が変わる時点でこの世界は消える。だから文化祭まで、文化祭まで、って言葉で俺をあしらってたんだ。そうやって永遠に俺から逃げようとした」

「！」

わたしは震撼した。身動きひとつできない。目がわたしの意思とは関係なく、限界まで見開いていっているのがわかる。なぜ、どうして、杉崎がそれを……。

「星莉は変だとは感じてるんだろうけど、そこまではっきりしたことは知らないと思ってた。でも一昨日、三森たちが打ち上げの店を決めてクラス中が盛り上がってる時、ひとり抜けてトイレで泣いてたろ？　あのあと目が真っ赤だった。確信したよ。星莉は知ってる」

「ど……どういうこと？　杉崎がど、どど、どうして」

「知りたかったら、文化祭が終わってから後夜祭までの間に学校抜けてこいよ。K駅の改札に六時」

杉崎は都心にある大きな地下鉄の駅名を口にした。

「…………」

あまりの事態の急変に、足は地面に貼りつき動かせない。そんなわたしを、杉崎は刺すように見据えた。

「お前と和樹を見てて……悩んでた。ものすげえ苦しかった。俺にはきっと資格がない」

「…………」

「でももう、資格とか……そういうの、ここまでくると、もうほんとどうでもよくなって……。俺はもう迷わない。今しかない。このままじゃ絶対に、絶対に俺は後悔する。後悔したくないいんだよ」

なんのことを言っているのかまるでわからないけど、杉崎は、この世界の実態を知っていた。じゃ……じゃあ、つまり杉崎は……。

「俺は虚像じゃない」

それだけ言うと杉崎は、わたしをその場に置き去りにしてもと来た道を歩き始めた。

朝が来る。濃い闇の世界からカーテン越しに薄日が入り、物の輪郭がおぼろに見え始める。ブルーグレーに沈んだ壁を、朝日が閃光のように刺して一気に明るい色に染め上げる。ベッドの上で壁に寄りかかり、その一部始終を眺めていた。

手の中には杉崎とのライン画面を開きっぱなしにしたスマホがある。K駅は三路線が乗り入れる大きな駅らしい。どこの路線のどこの改札に六時、とあのあと杉崎は詳細を連絡してきた。画面に浮かぶのは簡潔な情報のみ。けれどその文字が、別れ際に言われたことは幻聴でもなんでもなく、この不可解な世界の数少ない真実の言葉だと物語っていた。

わたしは機械的に起き上がるとライン画面を閉じ、制服に着替え始める。

昼間、杏奈や琴音と模擬店をまわっている間も、意識はまるで別の場所にあった。杉崎は午前中が当番だ。午後になると校庭や廊下のあちこちで男子同士で群れている姿を目にした。

わたしの意識は全部杉崎に向いていたために、杏奈や琴音の話に的外れな返事ばかりしていた模様。そして五分おきに腕時計を確認するという奇行に、さすがに杏奈も琴音も、このあとわたしに何か予定があることを察したらしい。杉崎とつき合っていることは知っていたから、リア充はいいね、だのなんだのとからかわれたんだろうけど、そんな言葉のほとんどが右から左に抜けていった。

それでもひとり喧騒から離れて校門を出たところで、わたしは振り返って校舎を仰いだ。クラスの催し物の集計結果を聞く前に、ここと別れなければならないんだ。中間発表では一位だった病院探検迷路は、ちゃんと優勝できるだろうか。

「さよなら、杏奈、琴音」

さよなら、わたしの高校生活。わたしの青春。

駅に向かって駆け出した。

◇2◇

「杉崎……」

わたしは約束の六時にK駅についた。

杉崎は地下鉄の改札前の丸い柱に腕組みをしてもたれかかり、わたしを待っていた。

「ちゃんと来てくれたんだ。マジで感謝」

「うん」

「来てくれなかったら学校まで戻って連れてくるつもりだった」

「…………」

虚像だと今まで信じこんできた杉崎は、血の通った実像だった。それを知ってから、この間の海での恥ずかしい出来事がよみがえってきて、ずっと思考が脳内乱気流の中にいる。

あれは相手が虚像だと思えばこそできたことなのだ。虚像にまで拒絶されたことに落ち込みきっていたけど、こんなに身を切られる恥ずかしさはなかった。まともに杉崎の顔が見られない。

……それにしても、立川が言っていた二人ってなんだろう。立川が嘘をついたとは思えないし、第一わたしの警告ノートにも〝二人〟は書いてあった。

「行くぞ」

杉崎はわたしの手を握った。その手の握り方にはみじんの迷いもなかった。

「……杉崎、説明して。この世界で虚像じゃないのはわたしと立川だけなんだと思ってた」

「ちゃんと説明するよ。でもまず落ち着こうぜ。ホームにベンチがあるだろ？」

「ホーム？　どこかに行くの？」

「まあな、電車には乗らない予定」

「はい？」

わけのわからないことを言う杉崎に引っ張られるようにして自動改札を抜けた。

二人で地下鉄のホーム中央に備え付けてある黒い椅子に腰を下ろす。目の前をたくさんの人が行き交う。これでも今日は休日だから、いつもよりはずっと少ないんだろう。

「この世界に対して、一番多くの情報を持ってるのは俺」

椅子に座り、開口一番杉崎はそう断言した。

「ど……どうして？」

「星莉もたぶん、一年の二学期の最初の朝に、家でノートかなんかを見つけたんだろ？

こうしろとかああしろとか、忠告的な？　何が書いてあったのかは知らないけど」

「う……うん」

「和樹もきっとそうなんだろうし、俺もそうだった」

「立川とは話してないんだ。どうして？　立川は、この世界で虚像じゃないのは、わたしと自分の二人だと思ってるよ」

「和樹も気づいてるのはわかってた。でも俺も実像だとは、言わないほうがいいような気がした。それは……自分のノートを読んでの結論っていうか。ことは複雑だし、あいつがどこまで知ってるのかわかんないから変なボロが出るのはまずい。言えないことが多すぎて。迷ってるうちに文化祭の日まで来たんだけどな」

「そうなんだ」

一番情報を持っていると断言する杉崎。実際の高校二年で杉崎と立川の間にも、人には言えない何かがあったってことだろうか。それを杉崎は知っているけど立川は知らない？

「おそらく和樹も、いろいろ星莉に言えない部分があって、この世界が文化祭までで終わるとか、自分たち以外は虚像だって情報しか流してないんじゃないの」

「そう、だけど」

わたしだって言えないことだらけで、立川にノートの内容の大部分を話せずにいる。類似点をいくつか確認し合っただけだ。

「俺も、とても話せないことが多すぎて……。っていうかもう、星莉には絶対に知ってほしくない」

「はい？」

「星莉のノートには俺から離れろとか、そんなようなことが書いてあったんだろ？」

「そ……それは……」

「言いたくないだろうから言わなくていいよ。それは俺も聞くのが辛い」

「……杉崎のノートにはその……本来なら二年の時に起こってた事柄の内容が、全部書いてあったの？」

「書いてあったよ。自分で気づいてなかった俺自身の本心まで詳細にな。自分の気持ちもわかってないって、どういうんだろ、って思うけど。実際そうだったんだから仕方ねえな」

嫌だな。杉崎のノートにはわたしが告白して振られたことが書いてあったんだろうか。わたしの、わたし自身も知らないそのあとの地獄(じごく)についても？　怖くて聞けないって、そんなことは。

「わたしは立川の態度から、立川もわたしと同じようにこの世界に疑問を抱いてるような気がしたの。名前が間違って呼ばれるのにそれが平然とまかり通るようなことを、みんなおかしいと思ってないでしょ？　立川と話して知ったの。まわりのみんなが虚像だって」

「俺だって変だとは思ってた。でも俺はある程度の理由は知ってたから、余裕はあった」

だから顔に出さないようにしていたのか。

「そんなに詳しく書いてあったの？」

「そう。めっちゃ詳しく。俺が星莉に対してした最低な行為。後悔。この世界に来たわけ。この世界の期限。誰と誰が実像か。おおよそどういうことかわかるくらいには書いてあった」

俺が星莉に対してした最低な行為……。やっぱりそんなことが現実には起こっていて、目の前のこの杉崎はそれを知っている。杉崎はわたしには知ってほしくないと言うけど、わたしだって聞きたくない。

「あ……わたしのほうのノートはね、ものすごく急いだような字でさ。たぶん時間が、著（いちじる）しく限られてたと思うんだよね。立川も似たようなことを言ってた」

「俺、速記ができるから。速記で書いてあったから、決まった時間内に星莉や和樹より詳しく記せたんだよ」

「速記……？」

なんだっけ？　聞いたことがある。

「そう。俺の家族、親父と上の姉貴以外はみんな記者として働いてるだろ？　俺もジャーナリスト志望だし。俺んちは日常的に速記が使われるっていう、ちょっと他じゃないほど特殊な家なんだよ。高一の時には、俺はすでに速記が読めた」

「速記……」

「母親がジャーナリストとして早くに成功を摑んだのは、速記の技術が並はずれてたから。それ系の仕事に興味を持つ子供たちに、小さい頃から英才教育なみに叩き込んできた。知ってて損はないって。うちじゃ関係ない親父や上の姉貴まで、みんな速記ができるよ」

思い出した。杉崎のユニフォームを届けてほしいと、うちに来た美里お姉ちゃんが落としたメモが、速記で書かれたものだった。人の話した内容を簡単な記号で書き取る方法だと聞いた。

速記を使ったから、杉崎はわたしと立川よりもこの世界について、ずっと情報量が多いのか。わたしと立川は、まず自分の希望を先に書いた。この世界でどう過ごしてほしいのか。信じてもらうために、新学期の初日に起こるあれこれを書き記す必要もあった。そのあと、この世界について説明しようとしたけど時間がなかったのだ。

そこで、唐突に思い出したことがあった。

「じゃ、あの……。杉崎のおばあちゃんの家で見た光景は、最初はおばあちゃんの心象風景だと思ってて、この世界に実像はわたしと立川しかいないと知ってからは、自分のだと思ってた。でも――」

「あれは俺の心象風景だよ。さすがに仰天したわ。じいちゃんが死んだ日があんな台風の日でさ、たぶん俺の深層心理が、どうしてもばあちゃんに台風を体感させたくなかったんだろうな」

「仰天してるようにはとても見えなかったけど……でもそうなんだ。つくづく不可解な世界だね」

外は台風なのに家の庭は満月の穏やかな秋。心の底から望むと景色まで変わっちゃうのか。

「この俺が、ばあちゃんに真相を伝える役目を星莉にさせるような舞台装置を整えたのかと思うと、もうやりきれなかった」

「それは、たぶん違うと思う」

「は？　どういうことだ？」

「あの家の状況は杉崎の心象風景なんだろうけど、おばあちゃんの言動は、微妙じゃないのかな」

「は？」

「うちにも母方のおばあちゃんを預かってた時期があったんだ。おばあちゃんを引き取ることは杉崎や杉崎のお父さんの心配が減るってこともあるけど、あそこでひとりっきりで過ごすより、うちの近所の老人会に入ったほうが充実した老後が送れるっていう、わたしのほうの深層心理も作用したおばあちゃんの言動だったんじゃないかな」

「もし、ほんとにそうだったら。それだけでも俺は、こう、天を仰ぎたいほど救われるよ。この世界でまで、俺マジで最低なんだと思ってたから」

「不思議すぎるよね、深層心理だけが反映されるの？　希望は反映されないよね」

　今から思えば杉崎は実体だったんだから、何を願っても無理には違いなかったけど。

「やろうと思って台風を月夜に変えたりはできねえよ。エスパーみたいにいろいろ念じてもできるわけじゃない。特に星莉や和樹に対してはまったくの無効力」

「わたしや、立川に対して念じたの？」

「念じたよ。いやもう、すでに願（がん）だな、あれは」

「なんて？」

「そんなにくっつくなよ！　離れろ離れろ離れろって」

「はあっ？」

「はあっ？　じゃないだろ？　星莉、俺の彼女じゃん」

「……それは、ただのわたしの願望、かと……」

　恥ずかしすぎてわたしは小声で答えた。現実の世界で告白していることを知っている杉崎に、わたしの気持ちなんかすっかりばれている。

　なぜこの世界で、実像の杉崎がわたしにつき合おうなんて言ったのか理解できる。納得もいく。贖罪だ。現実の世界で杉崎はわたしを痛ましいほどに傷つけたらしい。その贖罪をこの世界でしている。きっとそれが、杉崎がここに来た意味なんだ。

「未来の俺が一番望んでたのは、星莉を傷つけるな、ってことだった」

「…………」

　やっぱり。わたしは奥歯を噛みしめてこみ上げてくる涙に耐えた。贖罪のためにつき合ってくれただなんて……最悪だ。最悪すぎる。続くであろう杉崎の謝罪の言葉に、身を縮めて耳を閉ざす。もう聞きたくない。

「未来の星莉の望みは俺から離れろ、ってことだろうと見当はついてたよ。なのに自分の気持ちを自覚したこの世界で、けっきょく俺は星莉とつき合うことができて。けっきょく自分の望みばっかり叶えてる。現実の世界で自分が星莉に何をしたのか知ってるだけに、心中ものすごく複雑だった。俺にそんな権利がないこともわかってた。なのに、星莉は、海で俺が好きだって言ってくれて――」

「もうやめてよ恥ずかしいから。わかってるし。何も望んでないし。海でのことはなかったことにしてくれていいし」

　下を向き、膝の上で指の関節を曲がらないほうに曲げて痛めつけながら、消え入りそうな小声で呟く。早くこの世界が終わってしまえばいいのに。

「いやお前、ぜんっぜんわかってねえし。この話の方向性でわかんないって！　人の話をちゃんと聞いてんのか？」

「え？」

　声の迫力に驚いて、わたしは顔を上げた。

　大きかった杉崎の声が、急に忍ぶような頼りないものになった。

「海でのことはさ、もう完璧に負い目だよ。ダブルの負い目。現実世界で俺が星莉にしたことと、ばあちゃんちでさせたこと。じいちゃんが亡くなってるって言わせるなんて、あんな辛い役目を星莉にさせたのか……っていう。好きだなんて言ってもらえる資格はないのに……。てか、ほんとのことを星莉が知ったら、と思うとそれも怖くて。もう自分でもなにがなんだかわかんなくなったんだよ、あの時は」

「…………」

　横に座る杉崎のほうを向いたら、うなだれるような前傾姿勢で自分の両膝に両手首を載せている。うつむいた首筋の後ろまでが赤く染まっているような気がする。

「つき合えることになった日さ。俺、興奮してほとんど寝れなかった。ラインでちゃんと送ったはずだよな。こんなに好きになった子とつき合えたことは初めてだって」

「…………」

発声法を忘れたわたしのほうを、杉崎は振り返るようにして上目遣いで確認した。一瞬でもと通りの姿勢に戻る。

「海で好きだって言われて死ぬほど嬉しかったのに、ちゃんと答えられなかったのは、のしかかる罪悪感が猛烈だったからだよ。そしたらそのあとからお前にすごい距離とられて、文化祭を理由に和樹の側にばっかりいた。近づくなオーラが半端なくて、嫌われたのかと俺、超ビビってた。でも星莉がトイレで泣いたあとから、こう……完全に吹っ切れたんだよ。そうだこの世界、あと二日で終わっちゃうじゃんか、って」

「…………」

「今でも両想いだよな？　もったいないよな？」

決めつけるような口調で確認すると、杉崎はいきなりわたしの手を、甲の上から包み込んで握りしめた。痺れるくらいに強い力で。

「…………」

「星莉、なんとか言えよ！」

「…………」

声、出ないよ。天変地異なみの驚きで。わたしはかわりにひたすら肯定の意味を示す首振りを何度もした。

「あーあ！　こういうところはなぜか俺の強烈な願望が反映されちゃうのかね？　やろうと思ってもこんな超マジックはできないんだけどな」

「……え？」

「見てみろよ」

杉崎が前方向にあごをしゃくった。

「えっ？」

地下のホームには誰もいなかった。白っぽい蛍光灯が光るだけ。さっきまではスーツ姿の男の人やラフな格好の学生、おばさん、いろんな人が行き交っていたのに、今は人っ子ひとりいない。無人のプラットホームだった。自宅の最寄り駅でつき合おうと言われた時と同じだ。

「星莉、行こう。この世界じゃなきゃできないことしてから、もとの世界に帰ろうぜ」

「行こうって、ど、どこに？」

「地下の線路だよ。俺一回行ってみたかったの」

「ああ……」

杉崎は不思議とか謎が大好きだ。都市伝説オタクっぽいところもあって、特に地下通路とか地下駐車場とか、地面の下の空間は大好物。地下鉄の線路だなんて、確かにこんな世界じゃなきゃ歩くことはできないだろう。

わたしたちは、もう必要のないスクールバッグを二つ並べて椅子に残したまま、ホームの端を歩き始めた。

ホームは先端部分、十メートルくらいから徐々に狭くなり、一番端っこは消火栓のボックスと両脇に小さな格子の扉だけしかない程度の横幅になった。正面の格子扉には立入禁止の文字。なのに、なぜかその扉は、まるでわたしたちを誘うかのように開いている。その先には線路に下りる四、五段の錆びた階段が続いていた。

誰もいないホームから、当たり前だけど誰もいない、電車の音もしない線路に杉崎が先に下りる。わたしに手を差し伸べてくれたから、おそるおそるそこに掴まる。

「おお！　こんなふうになってるんだね」

「ここはけっこう、いろんな噂のある探求心をそそる駅」

「噂？　どんな？」

「防空壕を改築して作ったとか。まあ古いってことだな」

ホームの左右から伸びる線路は、短い距離で分岐、合流、分岐を繰り返し、網の目のようなジャンクションを形成してから、中央をコンクリートの柱で区切った上下線のトンネルに消えていく。

真下に長く尾をひく蛍光灯の青白い灯り。素人にはなんだかわからない古ぼけた機械類。壁には、煤に汚れた配線コードがむき出しのまま何本も張りついている。コンクリートの割れ目から地下水が染み出し、それが人の形のようにも見えた。

どこもかしこもコンクリートや岩がむき出しで、洗練の欠片もない。人目に触れないことを前提に作られた空間だってことがよくわかる。

政府が故意に地下に存在する空間を隠しているという都市伝説がある。実際戦前に別の目的で作られたものを、地下鉄として活用している箇所も多い。全部杉崎からの受け売りだ。つまりこの駅もそうだってことか。

古くて荒々しくて閉塞的なスペースを見ていると、想像の余地がいくらでもある。

「すごいね！　これは確かにこの世界じゃないと体験できないよね。しかもこの雰囲気！めちゃくちゃ隠匿の香りがするよ！」

「だろ？　俺一度、たぶん心の底にある願望で駅から人を消したよな。だからもしかしてないか、とかな」
今回もそうなるかも、って期待はしてた。そしたら星莉と二人、線路に下りられるんじゃ
「なるほどね」
「星莉、けっこう昔から俺の好きな話、神妙な顔して聞いてるよな。目がきらっきらして
て一度話したことはよく覚えてる。興味持ってくれてるのかな、とは思ってた」
「うん！　楽しいかも」
杉崎が夢中になっているという事実を差し引いても、充分わくわくするし興味は湧いて
くる。
「でもなぜかこの世界でも空は飛べない」
「試したんだ？　心の底から強く強く望めばできるかもよ？」
「どうなんだろうな。俺いろいろ試してみたけど何にもできないぞ？　簡単なことでも」
「どんなこと？」
「例えば、離れたところから筆箱こっち来い！　ってすっげー念を送ってみたり」
眉間にしわを寄せて目を閉じ、拳を固めて「すっげー念」を送っている杉崎が容易に想
像できてしまい、わたしは声をあげて笑った。それはできないのに、台風を月夜に変えた
り、ホームから人を消したりはできるんだ。まったく摩訶不思議。そういうすべてが自分

では操作のできない深層心理なのかもしれないね。

　地下鉄の線路は歩きやすいとはとても言えず、わたしはバランスを崩した。にもかかわらず、転びそうになることもなくて、その時、ようやく杉崎と手をつないだままだからだと気づいた。

「杉崎……」

　わたしは控えめに手を揺すってもう離しても大丈夫だよ、をアピールした。そうしたらもっと力を入れられた。

「いいだろ。俺にはもう今しかない」

「え？」

「ここじゃなきゃ星莉と両想いでいられないんだよ」

「どうして？　ねえ、今日が終わるとどうなるの？」

「たぶんもとの世界に戻るんじゃないの？　だけど俺はそこで星莉に、ものすごく、壮絶に嫌われてんだよ。星莉の見つけたノートにそう書いてあっただろ？」

「それは……そう、だけ――」

「星莉、あぶっ……」

　つんざくような警笛(けいてき)が聞こえたと思ったら、わたしは二の腕を強くひかれ、コンクリート分離帯の柱の間から、逆路線に転がされていた。

わたしたちがさっきまでいた路線に地下鉄が轟音とともに通過している。

「え…………」

杉崎……？

上半身だけを起こしたわたしの身体中の血管を、滝のように血液が流れ落ちていくような感覚がした。

「あっぶねー、電車来るんだ……もうわけがわかんね……」

わたしが突き飛ばされた分離帯の柱の間から、のっそり杉崎が身を起こした。

杉崎が逆路線側を歩いていた。わたしのほうがコンクリートの分離帯から遠かった。なのに杉崎は、わたしを引っ張って先に逃がしてくれたのだ。

「す……杉崎っ！　杉崎、大丈夫？」

わたしは、腰を落としたまま立ち上がれずにいる杉崎に、飛びつくようにして背中に腕をまわした。

「ああ、うん、平気」

お尻をついたまま、右手で左手の甲をさすっている。そのあと左手をぶんぶん振った。

「まさか、接触したの？」

「いやギリ平気。風圧が摩擦みたいな感覚でさ。それより急ごう。もうすぐ次の駅だから走るぞ。また電車が来たらマジでやばい。もうどうなってんだよ、いったいここは」

杉崎は立ち上がるとわたしの手をひき、前方にぽっかり開けているトンネルの出口目指して走り始めた。

端にホームに上がる階段があったから、そこを二人で駆け上がる。その駅も無人だった。白い蛍光灯だけが煌々とあたりを照らしている。無人のくせにエレベーターだけは正常に動いていて、わたしたちを地上に運んでくれた。

「うわあ！　何？　ここってどこなの？」

緑の下草がびっしり生えたどこかの小高い丘の上だ。空は見たこともない満天の星だった。見下ろす地上にはまたたく夜景が広がっている。こっちも満天の星だ。天と地、両方が見渡す限りの星の海。わたしたちのいた都心の駅付近の光景じゃなかった。

「何時？　空間も、時間の流れも変じゃね？　さすがにこんなにゆがんでくるって終わりが近いんじゃないの？」

「十一時半だ。お母さん心配してるな、どうしよう、文化祭の打ち上げって言うかな」

ぷはっと杉崎が噴き出す。それから夜風に揺れる下草の上に杉崎はそのまま腰をおろした。

「こんな最後の最後まで、律儀に連絡入れるんだ?」

「心配性なんだもん、うちのお母さん」

身についた習性はおそろしい。スマホでお母さんに連絡を入れながら、わたしも杉崎の隣に腰をおろす。

「星莉は優しいよな。人が恋愛対象の存在に優しいのは当たり前なんだろうけど、本当の意味で優しいって、きっとこういうことなんだろうな、って星莉を見てるとたまに思うわ。無意識に相手の気持ちを想像する力? 俺にはない部分だよな――……って」

「杉崎の超自然体だって、わたしにはない部分だよ。それにさっきは、とっさにわたしを助けてくれたよ?」

「だから。それは相手が星莉だからだよ。星莉が死んだら自分が辛いからだよ。第一、星莉がこの世界で、一組を目指すことがわかってて自分もそうするあたり、もう自己中の極致じゃんか。俺から離れようとしてんだから、そのまま離れてあげりゃあいいものを」

「今さらそんなことカミングアウトされても、恥ずかしいだけだって」

「最初っからきっと、あわよくば違う結末を、とか、俺は望んでたんだよ。……つくづく……ちゃっかりしてんな、と思うわ」

「……もう今となっては、逆に嬉しいとしか思わないよ。そんなこと言われたって」

最初は機関銃のようにしゃべっていた杉崎の口調が、だんだんゆっくり、重たくなっていく。どうしてだろう。そう思いながら隣を見ると、いつの間にか下草の生えた地面に寝転がっていた。

「眠いな」

わたしも同じように隣に仰向け（あおむ）けになると、視界が、群青（ぐんじょう）に金の粒が散りばめられた空だけになった。

「杉崎」

「なに？」

杉崎がまたわたしの手を探って握りしめる。

「さっき地下鉄で、助けてくれてありがとう。わたしを先に逃がしてくれた」

まだちゃんとお礼を言っていなかった気がして、わたしはそう口にした。

「だからそれは、好きなんだから当たり前なんだよ。こんなに好きなのに……俺……あとちょっとで星莉を」

そこで口をつぐんだ杉崎だけど、先が聞こえたような気がしてしまった。

俺、あとちょっとで星莉を、失う。

「ねえ、もとの世界に戻ったら、ここでの記憶は消えるの？　もとの世界ってどこ？」

「わかんねえよ。未来のどこかの地点だと思う」

「忘れないよ、わたし。杉崎がああやってわたしを身を挺して助けてくれたこと」

「記憶、残るのかな。そしたら少しは希望……。くっそ。肝心なこと俺も知らねえじゃん」

杉崎は、握った手を一度ほどき、指と指を交互に組み合わせるつなぎ方に変えた。これでもかってくらい、力を入れてくる。

「眠い……。眠いよ。嫌だ、星莉、戻りたくない。お前に嫌われてる世界になんか、……戻りたくない」

仰向けに寝転んだ杉崎は、腕を自分の目の上に置いている。口もとが涙をこらえる時のように何度もひくひくと痙攣する。眠気に必死に抗うように、さらに強くなる指の力が悲しかった。

「忘れないよ、わたし絶対に忘れない」

「好きだよ星莉」

「……う、ん」

わたしも、もうまぶたが重くて、耐えるのが難しくなってきた。話そうにも、唇が石みたいに硬い。

「最後に。星莉の、口から、もう一度……聞きたい。俺が、好きだ、って」

杉崎の指から力が抜けてゆく。

「好き。……大好き。杉崎が、だい、す、き……」

目の上に置いた腕をかすかに動かしたら、しずくが尾を引いて杉崎の頬を伝った。

わたしだって戻りたくない。いくつもの杉崎の表情が脳裏を駆け抜ける。男の子同士でばか笑いしている横顔。拗ねて怒った横顔。肩幅の広い背中。

残念だね。わたしが思い出すのは、全部横顔とか後ろ姿。正面からわたしに笑いかける貴重なショットが少ないことが心底寂しい。

山間で生まれた小さな川が、岩や大木、いろんな障害物を巧みによけながらやがては大きな河になり、颯爽と海に注ぎ込む。そんなしなやかな生き方が、とても好きだった。

ああ、こんなにすごい星空……都会で見られるわけはない。ここは、どこなんだろう。

始まらないプロローグ

「きれいな蝶だね、お父さん」

忙しい親父が珍しく俺を膝に乗せて昆虫図鑑をめくっている。幼稚園の頃のことだった。

そこには宝石のように美しい、青色の翅を光らせる蝶の写真が写っていた。

親父はほとんど家にはいないけど、子供に対しても俺たちの母親に対しても愛情の深い人だった。

「きれいだろう？　颯河。アマゾンに多い蝶だな。だけど実際はこんなきれいな姿はなかなか見られない」

「どうして？」

「ふだんは翅を合わせて、外側の保護色である茶色で身を守っているからだよ。止まっていても翅を開いてこの青を見せている時は、敵がいなくてリラックスしている状態だよ」

「ふうん。こんなにきれいなのにね」

蝉の声が脳天に響く。

　高校からの帰り道、児童公園の木陰のベンチに座っていた俺は、携帯の着信音に気づいた。隣にはつき合って二カ月の彼女、陽菜がいる。陽菜はここに座ってすぐに携帯を開いた。俺もいいかな、と制服のポケットから携帯を取り出して開き、着信メールを確認する。

「颯河、スマホどうしたの？」

「昨日、落として割った。新しいスマホは誕生日まで待てってさ」

「ふうん。スマホかっこよかったのに。それでガラケーが復活なんだ？」

「まあな」

「陽菜も、誕生日プレゼントはスマホにしていいって」

「よかったな。十月とかだっけ？　あと少しじゃん」

　メールは山室からだった。今日の夕方から仲間が家に集まるから颯河も来いよ、ゲームしようぜ、と誘ってきている。行きたいけど、今は陽菜と一緒にいるしな。

　バスケ部がほぼ毎日あるからデートの暇もない。山室たちとは部活のあと、遅い時間からでも遊びに行ける。でも高一女子の陽菜相手では、デートで多少帰宅が遅れるのはありでも遅い時間から連れ出すわけにはいかなかった。

山室にメールを返しあぐねていたら、陽菜がさっきまでと変わらないテンションでささやいた。

「もう別れよっか」

カチカチとスクロールする親指の動きが止まる。

「……なんで?」

「颯河、意外につまんない」

その時俺は、正直解放されたような気がした。高校一年の夏。俺にとっては陽菜が人生初の彼女だった。

先に帰るね、と立ち上がり、携帯画面に視線を落としたままの陽菜の背中を数秒見送ってから、俺は山室に〝今日行ける〟と返信した。

バスケ部で特に仲がいい立川和樹（たちかわかずき）と森大翔（もりひろと）と俺は、どこの部活にも入っていない山室たちお遊び集団の一員でもあった。和樹も大翔も俺も、生活の基盤はバスケ部の仲間だったけど、ここを息抜き的な場所に使っていた。集団には陽菜の他、数人の女子も含まれている。

中心メンバーの山室と、俺が小学校の一時期リトルリーグで一緒だったつながりだ。単純明快で物事をあとにひかない山室の性格が、やけに俺の性に合っていて楽だった。

陽菜は華やかな印象のいかにも今時の女子高生で、一発で男の気をひくタイプだった。俺もかわいいな、とは思っていた。大勢で遊ぶ時、陽菜とよく二人になることがあった。考えてみれば故意に二人にされていたんだろうな、とわかる。

みんながいる前で、陽菜に軽いノリで「つき合ってよ」と告白され、やんやと盛り上がる仲間を前に断れる雰囲気じゃなくなっていた。

俺もそこそこの好感は持っていたわけで、その場で簡単に「いいよ」と答えた。

その時すでに、心にひっかかる存在があったことは確かだったんだろう。ただそれに、当時俺自身が気づいていなかった。たぶん俺の恋愛に関しての精神年齢は相当に低い。

彼女から「意外につまんない」という理由で振られることは、思春期男子にとって壊滅的にショッキングな出来事らしい。振られたあともあっけらかんとしている俺を、空元気だとまわりは見なしていた。そういうわけでもなかったんだけど。

陽菜はその後すぐに俺たち遊び仲間のうちのひとり、桜井とつき合い始めた。

陽菜と別れて数日すぎた頃だったと思う。部活帰りの遅い時間に、駅前の商店街でばったり星莉と会った。小学校も一緒。中学受験をしてたまたま同じ希望ケ原中学に通うことになった女子だ。高校で俺が四組に上がるまでの中学三年間は同じ五組だった。星莉は高一の現在は、親友の和樹同様六組だ。

家も近所で小学校の登校班も一緒。母親は顔見知り。いわゆる幼なじみというやつだ。男子と一切話さないほどおとなしいわけじゃないけど、陽菜みたいな派手で目立つ女子とはほぼ真逆。いや、俺とも真逆なのかも。

俺が持っている要領のよさとか、小器用なところ、悪意のスルースキルをほとんど持たないやつだった。俺ならこの程度の障害物は簡単によけて通るところを、まっすぐ進んでバカ正直にぶち当たる。うまく立ち回れない。見ているとめんどくさい。自分と真逆だからなんとなく気にかかる、そんな存在。

でもなぜか、星莉の近くは特別な感じがした。山室とは違う意味で呼吸が楽。これが聞き上手というものなのかと、たまに感心することがある。俺は星莉になら、自分の趣味一辺倒みたいな不思議議系統の話もためらわずにできた。

中三の秋に体育館脇の古木だけに季節外れの桜が咲いた時も、星莉ひとりにあの樹に起こった不時現象について、詳しく俺なりの考察を語って聞かせた。星莉がどこまでその話に興味があったのかわからないけど、充分楽しんで耳を傾けているように見えた。突っ込んだ質問がいくつもぽんぽん飛び出す。そんなやり取りがひたすら心地よかった。

「星莉、なんだよ、こんな時間に買い物か？」

駅前のスーパーに自転車で来た、その帰りのようだった。

「うん。牛乳が切れちゃって買い置きがないから買ってきて、だって」

「ふうん、まあラッキー！　これ乗っけてって。あーあ、ママチャリじゃなきゃ俺が運転して二人乗りで帰ってやったのに」

星莉は母親の電動自転車で来ていて、それは後ろの荷台の部分もカゴが設置されている。二人乗りは無理だった。

牛乳だけが入っている前カゴにスクールバッグ、後ろカゴに部活のバッグを了解も得ずにドカドカっと入れた。

「え、うん……」

星莉は曖昧に返事をすると、来た時より確実に重くなった自転車をチキチキチキと転がし始めた。

今日、部活であった笑える話をしながら横を歩く俺に対し、星莉はうつむいて黙り込みがちだった。けど、ポイントではちゃんと声をあげて笑う。元来星莉は笑い上戸だ。ツボにはまると椅子から転げ落ちる勢いで笑う子だった。

「ねえ杉崎」

話がひと段落ついたところで星莉がやたらと早口で一気に言った。

「何？」

「つき合ってるの？　彼女できたでしょ」

俺はとっさに自分の部活のバッグに視線を走らせた。陽菜が友だちと遊びに行った時に買ってきて、渡されたペアのキャラクターグッズがそこにはまだぶら下っていた。未練があるわけじゃなく、単純に外すのを忘れていただけだ。

「いや……つき合ってないよ」

「嘘。噂だもん」

そう、噂の域を出ないくらい俺と陽菜は希薄なつき合い方をしていた。だからつまんない、と振られたわけだ。

「ほんとに誰ともつき合ってない」

「……別れたの？」

「いや……だからつき合ってない」

おそらく星莉は誰とつき合っていたのかまでを詳細に知っていた。

だから正直に、陽菜とつき合っていたけど別れたと言えばいいだけの話だった。なのに俺はなぜか頑なにつき合っていない、のみを繰り返した。考える前に口が勝手に動く、そういうシュールな現象が、星莉に対してだけたまに起こる。

俺がしつこく、つき合ってない、を繰り返すのに対し、星莉のほうもしつこくしつこく知ってるんだから！　と自分の情報を俺に認めさせることに終始し、その日は意味不明に喧嘩（けんか）のような別れ方をした。


男子バスケ部のマネージャーが突然辞めるという異常事態が発生したのは、高校二年に上がってすぐだった。これから徐々に主力になってゆく俺たち二年は、特に困ってしまった。みんなでクラスの友だちに片っ端から声をかけることになった。

「星莉、やってくんねえかな。あいつ、部活入ってないんだよな」

和樹の言葉に仰天して、動作が止まったのを覚えている。

高二で、俺と星莉と和樹は同じ六組になっていた。

和樹から初めて星莉の名前を聞いたのがその時だ。あいつはいきなり、星莉、と呼び捨てにしたのだ。バスケ部のみんながマネージャー探しの話題でギャーギャーわめいているのを目の前に、俺はなんでだ、とそればかりが頭の中をぐるぐる回っていた。

「颯河、聞いてんのか？」

当の和樹にそう問われても、和樹と星莉の接点探しで上の空だった。

女子は化ける。高校に入ってからは特にだ。こいつ、こんな芸術的な巻き髪をつくるのにいったい何時から起きてんだよ、って女子がわんさかいる。

でも星莉はそういうタイプの子じゃなかった。華やかなタイプからは程遠かったから、男の目に留まることはないと俺はどこかでタカをくくっていた。

「和樹、星莉と仲いいのか」

ようやくそう聞いたのは和樹がたぶん十回以上、星莉の名前を口に出してから。和樹は星莉に、バスケ部のマネージャーをやってくれるよう食い下がっているらしかった。

「そこそこ？　今、隣の席じゃん。俺しょっちゅう、教科書忘れんのな？　机くっつけて見せてくれるからな。もっととっつきにくいタイプかと思ったら、ぜんぜんなのな。いったん仲良くなるとめっちゃ笑うよ、あいつ」

知ってるよ！　でもそうだったのか。二年になってから俺の席は前から二番目。対して和樹と星莉の席は一番後ろだった。

理由もなくイラつく日々が続いた。なぜかそんな俺を見ている仲間は、陽菜が桜井と別れそうだぞ、陽菜はまだお前に未練があるらしいぞ、と一八〇度見当違いな慰(なぐさ)め方をしてきた。

そんなある日の放課後、日直だった俺は日直日誌を職員室に返しに行き、一度教室に向かった。これから部活に出る予定だった。人の引けた教室で、和樹が自分の席に頬づえをついて窓のほうを眺めながらぽつんと座っていた。

「和樹、部活は？」

なんだかいつもと雰囲気が違うな、と思いながら和樹のところに近づいていった……。

和樹の席じゃなかった。和樹が座っていたのは、隣の星莉の席だった。

「なんかさ、断られたわ、星莉に」

告白したのか？　え？　そうなのか？

「…………」

棒立ちで言葉を失う俺に和樹は力なく笑った。

「マネージャー」

「なんだ、マネージャーかよ」

もう和樹が星莉を好きなのは俺の目には明らかだった。

「あいつもいっぱいいっぱいみたいだな。自分がこの先どうなっちゃうのかわかんない、みたいに言ってて……。だからマネージャーは無理なんだとよ。うまくいくわけねえから、だってさ」

「は……？」

「好きなやつの恋愛を見てるのは辛い。早く諦めたい、って言ってた。痛切にわかるよな。マジで好きなやつの恋愛を見てるのは辛いわ。俺も諦めたいのかな」

たぶん、和樹は今、星莉を好きだと認めた。星莉に好きなやつがいて、それを見ているのが辛いと。星莉は星莉で、好きなやつの恋愛を見ているのは辛いと言った、と。

そんな密度の濃い話をするのか、こいつら。いつの間に？　隣の席で授業中に？　違うだろ？　電話……携帯電話でしゃべっている？

「和樹、和樹の好きな」

聞くな！　と本能がストップをかけ、俺の問いかけはいったん止まった。

「星莉だよ」

頭がぐらりと傾いた。なにか取り返しのつかない固有名詞を聞いてしまったような気がした。

「まだイケるかな」

和樹は俺を振り仰いで、挑むようなまなざしを向けた。

「……おう。振られたわけじゃないんだろ？」

「応援よろしくな。颯河部活行く？」

和樹は立ち上がった。

はかつてなく、自分自身に困惑しきっていた。

が、どんなに激しく身体を動かしてみても脳のひだの間から振り落とせない。こんな経験

星莉に好きな男がいること、高校生活の日常にあふれかえっているようなありふれた情報

部活で身体（からだ）を動かして頭を空っぽにしようと奮闘したけど、無理だった。和樹の想い、

「……うん」

そうしてその電話が俺の携帯にかかってきた。和樹と、星莉の話をした二日後だった。

「星莉」

「杉崎、話があるの」

「なに？」

「好き、なの。ずっと。中学一年の時からずっと」

「……うん」

「返事が聞きたい」

震える、決意に満ちた涙声。星莉は、俺に振られることを前提に告白している。それは

はっきりわかった。

今まで通り友だちで。俺にそう断られるのを待っている。うなずく用意だけをしている。

なんの期待もしていない相手を振るのは簡単なはずだ。

「待って」

「…………え？」

「返事、ちょっ、ちょっとだけ待って。こっちから連絡するから」

俺はそれだけ口にすると通話を切った。心臓がバクバク鳴っていた。星莉の小さな「え？」という疑問符。混乱する声音がいつまでも耳に残った。

「ああ、なんてことを……」

俺はしゃがみこみ、携帯のフラップと本体の間にひと指し指を挟んだまま、頭を抱える。

昔からそうなんだ。星莉に対してだけ、俺は頭より先に口が反応してしまうことがある。

今までにも告白されたことは何度かある。公衆の面前で告白された陽菜の時以外、その場で断っている。こんなことは初めてだった。

星莉は和樹が好きな相手だ。親友の好きな子だ。俺は応援する立場にあるし、実際そうすると約束してしまったのは二日前だ。

どうして「ちょっと待って」なんて口をついて出てしまったんだろう。その場で断ればよかっただけの話だ。わざわざこっちから電話をかけて断るなんて途方もなく気まずい。

俺は面倒くさいことが大っ嫌いなんだ。

どうしよう、どうしよう、とベッドの上、自分の両腕を枕に仰向(あおむ)けになって考える。とにかく一刻も早く断ったほうが星莉の傷だって浅いはずだ。つき合う気なんてないんだし、変な期待を持たせないほうがいいに決まっている。

つき合う気なんてないんだし……。つき合う……。星莉とつき合ったら、どんな感じなのかな。二人で映画に行ったり、毎日おはようとかおやすみとかメールをし合うんだろうか。イヤホンを分け合って音楽を聴いたりも、するんだろうな。

星莉は簡単に笑ってくれる子だ。星莉の澄(す)んだ笑い声には殺菌(さっきん)成分が入っているようで、それを耳にすれば、日常のいざこざで汚れた気持ちのリフレッシュ……。いや！　いやいやいや！　何考えてんだ俺は！

いつの間にか思考のベクトルがずれていることに自分で愕然(がくぜん)とする。

星莉に関することでは、自分でとった行動に唖然(あぜん)としたり、自分の思考なのに制御できなくて呆然(ぼうぜん)としたり、経験したことがない感情に振り回されることが多すぎた。

混乱した頭を抱えたまま三日たち四日たち五日がたった。

さすがにやばい。とにかくやばい。何が一番やばいって、俺の脳内で、星莉とつき合いたい願望が真夏の入道雲のようにもくもくと湧き上がってきてしまっていることだった。

親友の好きな相手。応援しろ、と言われてうなずいたのがつい最近。自分もそれに負けない確固たる気持ちを持っているならまだしも、もやもやしてなんの形にもなっていない煙のような感情があるだけだ。つき合うなんてとんでもない。

俺の邪な願望とは裏腹に、星莉の横顔は日に日に悲愴感を増していくようだった。だめだこれ以上宙ぶらりんにはできない、電話しろ！　と何度も携帯を開き、星莉の番号を画面に表示させた。でもあと一歩のところで俺は通話ボタンを押せない。

学校のない日曜日、むしゃくしゃして部屋の中で枕を蹴っ飛ばして壁にあてているところに、山室から電話がかかってきた。

「超ヒマなんだけど、遊ばねえ？」

「いいけど、誰いんの？」

和樹がいたら嫌だな、反射的にそう感じてメンバーを確認した。

「いやひとり、俺んち来てゲームやる？」

「いいよ。わかった」

山室の家は電車で二つ先の駅だった。同じリトルリーグにいただけあってそこそこ近い。今は山室みたいに何にも考えていないやつの意見を聞くのが一番いいような気がした。

俺はチャリで山室の家に向かった。

「なんかさあ、陽菜が桜井と別れたんだってよ。噂ではお前に未練があるらしいぞ」

「噂だろ」

今日の俺はなぜかゲームが異常に強かった。ゲームばっかりしている山室にふだんは歯が立たないはずなのに、だ。

「思ってたんだけど、颯河。なんか、お前のほうも最近変じゃね？　やっぱ、陽菜のこと？」

どうしてこう山室たちは俺と陽菜を特別視するんだろう。振られた颯河、かわいそう理論が仲間内でいつまでたってもはびこっている。

「いや、ぜんぜん」

「じゃ、何？」

なぜここで山室に打ち明けようと思ったんだろう。単純だから単純な答えを返してくれると、そう期待したのが一番大きかった。いや一番の理由は苦しかったから。吐き出さないと自分が破裂してしまいそうだった。

「えーと、な。星莉に、好きだって言われて」

「セリ？　誰それ？」

たいして興味をそそられない表情で山室が聞いた。

山室は陽菜のような華やかな女子にしか興味がない。逆に言えば学年のちょっとかわいくて派手なタイプの子は網羅している。星莉なんて名前は記憶にない。つまり地味で男ウケしない女子確定、と脳内コンピューターがはじき出したらしい。

「俺の、なんていうか、近所に住んでる子で、幼なじみ？　腐れ縁的にクラスも一緒だし。親同士も知り合いっていうか」

俺は不明瞭で摑みどころのない話し方しかできなかった。何をしゃべっているのかもよくわからない。

「親も知ってる腐れ縁の女に告白されて面倒なのか？　それで陽菜がせっかく桜井と別れてお前のとこに戻ってもいいって話が出てるのに、ＯＫできないわけなんだ？　そっちを早くどうにかしないとってこと？」

「は？　え？　ぜんぜんちげーよ」

なんでそんな解釈になるんだ？　どうしてそこに陽菜が出てくるのかわからない。俺は陽菜の名前なんか一度だって出していない。

だめだ。こいつに相談した俺がばかだった、と心の底から後悔し、同時にどっと疲れた。単純で楽だしいいやつだけど、勘違いもここまでくると……。違うな。俺があまりにも要領を得ない説明しかできないからだ。自分で自分の気持ちがわかっていないところが致命的なのだ。

「悪い。やっぱ俺、今日は帰るわ。山室、あのさ、今聞いた話、絶対に、誰にも誰にも言うなよ？　絶対に、絶対に、ぜーったいに、だからな」

「おー了解！　つまり颯河はモテモテってことだな？　陽菜にもモテるがセリとかいう地味女子にもモテる、と」

「……言うなよ、絶対」

仮にも男なんだから口は軽くないだろう。

その夜、メールでかるーく陽菜から告白された。

〝颯河、ヒナ、やっぱり颯河が一番好きみたい。またつき合お？〟

もう、真面目(まじめ)に言ってんのかなあ、と自分の頭を鷲摑(わしづか)みにしてガシガシもみこんだ。

俺はつまらないんじゃなかったのか。一度目といい今回といい、軽すぎるだろ？　照れ隠しなのか、それとも本当に陽菜の中で男とつき合うってことはこんなに軽いものなのか。

そこで思い出すのが、星莉が告白してきた時の涙声だった。星莉は、照れ隠しでもこんなに軽く告白できるやつじゃない。

〝悪いな、ヒナ。友だちでいるほうがヒナは楽しい〟

返事は二秒ですんだ。

次の日の月曜日、学校に行ったら、大変な騒ぎになっていた。なんと、星莉が俺に告白したことがかなりの噂になっていたのだ。俺がまだ星莉に返事もしていないのに。山室という男をあなどっていた。あれだけ口止めしたにもかかわらず、一晩でここまで大騒ぎになるほど、どうやったら人に言ってまわれるんだ。

どこかに書き込みをしている？　俺はバスケ部の顧問の小山田に頼み込んでパソコンルームの鍵を開けてもらった。俺の尋常じゃない慌てぶりになにかある、と信用してくれたのだ。

そこでいきついたのが、よく遊ぶ仲間ばかりが利用しているチャットだった。山室や陽菜はじめ、あの集団は頻繁に書き込みをしている。

〝颯河、セリとかいう女に告白されて困ってんぜー。親ともつながりのある女で断るに断れない状況っぽい〟

仲間うちしか書き込まないから、たぶん本人にはまるで罪悪感がない。内輪の噂話的な感覚なんだろう。

だけど当然ながら最悪だった。その中には陽菜もいるし、なんといっても和樹がいる。いやもうここまで広まったらそんな問題じゃなかった。こんな軽い調子でチャット画面にあげられているから、誰も真剣な話だと思っていないのだ。知ったやつらがこれまた軽い調子でペラペラしゃべった結果なんだろう。チャット内には噂が大好きな女子が何人もいた。

パソコンルームを出ると俺は後先考えず山室のいる十組に向かった。

山室は昨日のことなんか忘れたように数人で固まって椅子に座り、笑いこけている。

「山室！　お前はいったい何を考えて生きてんだよっ！」

俺は山室の座っている椅子の脚を思いっきり蹴り飛ばした。椅子は山室ごと後ろにひっくり返った。力加減をまったくしなかったにしても、こんなに脚力があったことにびっくりだし、自分がここまで熱くなっていることにも驚いた。

これほど怒りをあらわにする俺を山室は見たことがない。度肝を抜かれてただ呆然と俺を見つめ、立ち上がることすら忘れている。そんな山室に向かって足を踏み出し、前のめりになった。何をしようとしているのか自分でもわからずに、だ。

「颯河っ」

俺の肩を、強く摑んで引き戻す男がいた。

「和樹」

「ほっとけよ。言っていいことと悪いことの区別もつかねえやつだったってことだろ」

和樹は吐き捨てるようにそう言うと、俺の二の腕を摑んで強引に廊下に引っ張り出した。

幸い授業が始まる寸前で、廊下は閑散としていた。

「和樹、ごめん俺……。まさか山室があんな……殴っていい」

廊下の隅で和樹に深く頭を下げた。ほとんど反射だ。

和樹にしてみれば二重の苦しみのはずだった。星莉の好きな男が俺で、告白までしていた事実を知ったこと。それをばらまかれて星莉が苦しんでいること。

「……俺に、殴る資格はないんだよ。気がついてた。星莉の気持ちだけじゃなくて、たぶん颯河自身も気づいてないお前の気持ち」

「は？」

「……だから牽制、した。いずれ星莉がお前に告白した時、俺の気持ちをお前が知ってれば……お前は絶対に、簡単につき合ったりしない」

「…………」

「颯河はきっと自分の気持ちに気づいてない。そう見えた。だけど星莉に好きだって言われれば、そりゃ気づき始めるだろう。でもその時お前が俺の気持ちを知ってれば、それが巨大なストッパーになる。颯河はそういうやつだと計算してた。俺……ものすげえ卑怯だったわ」

「え……」

「後悔してる。マジで……マジで悪かった」

今度は逆に和樹のほうが俺に深く頭を下げた。

和樹が俺に、星莉が好きだと打ち明けた裏には、そんな気持ちが働いていたのか。だけど不思議と怒りは湧かなかった。苦しい気持ちが限界までくると、人は吐き出さずにはいられない。しかも本能で一番的確な相手を選び取る。

それを、俺は今回身をもって知ってしまった。

ばかな俺が山室に望んだ答え。俺はきっと、たまたま山室に打ち明けたわけなんかじゃない。単純な山室なら、単純な答えが返ってくるとそう踏んだ。

「つき合ってみたいならつき合ってみろよ。自分の気持ちに正直になれよ」

その言葉だけを俺は山室に求めた。親友の好きな相手だとか、そういう一切合切のファクターを無視し、物事を一番シンプルに考えそうなのが山室だったから。俺が望んだ答えを口にしてくれそうなのが山室だったから。

「星莉……」

俺は星莉のいるはずの六組の出入り口扉を見つめた。今、どんな気持ちでいる？

せめて山室がチャットにあげた時点で気がついていれば……。俺も和樹も頻繁にあの部屋をチェックするタイプじゃなかった。

「俺があんな牽制をしなきゃ、颯河はもう星莉に返事をしてたはずだ」

六組のほうに視線を向け続ける俺の横顔に、和樹は苦いものを飲み下すような声でそう呟いた。俺たち二人はその日の一時間目を、教室に入ることができずに、屋上へ続く階段に座り込んで過ごした。

とにかく謝らなきゃ、すべてのことはそれからだ。とにかくとにかく……。全部俺が悪い。返事を先延ばしにしたから。自分が耐えきれなくなったがために、軽はずみに山室に打ち明けたりしたから。

二時間目が始まる前の休み時間に六組に入り、まっすぐに星莉の席に向かった。

背を向けていて俺が通ったことに気づかない女子の集団の会話が、耳についてしまった。

「ふだんは地味なのにやることはえげつないよね、幼なじみとか親とか利用したらしいよ」

どうしてそんな話になるんだ。

仲がいい三枝が星莉を外敵から守るように静かに隣に座っていた。

「星莉ちょっと出よう。話がある」

声をかける俺のほうを星莉は見なかった。まっすぐ黒板だけを見据えていた。

「ここでしていいよ」

「いや、ここじゃ……」

「この間の話ね。なかったことにするよ。全部おしまいにしていいから。最初からそのつもりだったんだからさ」

星莉はものすごい早口でそう言った。

「栗原ー。なんだよー。お前やっぱり颯河のこと好きなわけ？　告白したってほんとだったんだ」

どこからかそんな声が飛んだ。空気を読まないばか男はどうしてこうも多いのか。

「そうだよ」

凜とした通る声で星莉はそう答えた。

星莉とふだん関わりの少ない派手な女子やお祭り好きな男子が、星莉の返事にわき返った。

「星莉、ちょっと来いよ、ここじゃまともに話せないだろ？」

俺は星莉の腕を掴んで立ち上がらせようとして、指先が触れた。

「触らないでよ」

低く無感情な声音に俺の手は、硬直した。

白を通り越し、透けて向こう側が見えるような星莉の横顔が、ごく自然な動作で俺のほうを振り仰いだ。唇はきつく引き結ばれたまま動かない。なのに、俺には星莉の心の声がはっきりと聞こえた。

〝幻滅〟

頭の中で火花が散る。バチバチと音をたてて配線が次々にショートしていくようだった。

星莉の中に、もう俺はいない……。なにもない。恨みさえも。すでに去った強い嫌悪の片鱗（へんりん）だけが、残り香のように燻（くゆ）っていた。

チャイムが鳴り、先生が入ってきたことで、みんなつまらなそうに自分の席に戻っていった。

不思議なことに、その後の数カ月のことを、俺は夢の中の出来事のように、あやふやにしか覚えていないのだ。メールだの電話だの、待ち伏せだのと、何度も星莉と接触をはかろうとしては失敗した。

そして、どんどん星莉に対する理不尽な噂が増えていった。今まではぜんぜん目立たない女子だったのに、その頃星莉はちょっとした有名人になっていたらしい。

俺がメールで陽菜の告白を断ったタイミングと重なったことが、陽菜やその友だちの蛮行に火をつけた可能性もある。上履きが隠される。弁当が捨てられる。体育のジャージが切り裂かれる。

雨に濡れたと言ってずぶ濡れで夜中に帰ってきたことがある、と俺の母親が星莉の母親から聞いたそうだ。

俺は当時あったその手のすべてのことを、ずいぶんあとになってから人づてに聞いて知った。

星莉をいたぶることを、女子や、それに乗っかった一部の男子が実に巧妙に教師やまわりに隠したのだ。表ざたになることはなかった。たぶん対象は誰でもよかったんだろう。星莉のことは単なるきっかけにすぎなかった。

この件に俺の男友だちはまったくかかわっていなかった。それも当時星莉に起こっていたあれこれを、俺が知ることができなかった要因だ。

山室はあのあと、土下座せんばかりに真剣に謝ってきた。悪気はなく想像力が著しく欠如しているだけなのだ、山室は。

二年の後半、星莉は悲しいほど笑顔を見せない女の子になってしまった。乗馬用の馬が、前しか見えない遮眼帯をしているかのように、ひたすら周囲の言動をシャットアウトしている。まっすぐすぎる視線が痛々しかった。

年を越してからはどんどん休みがちになっていった。

そんな星莉の籍は、三年になった時、希望ケ原高校から消えていた。俺と星莉は、同じ高校を卒業することはなかったのだ。

高校三年の始業式の日、どのクラスにも星莉の名前がなかったことに胸騒ぎを覚えた俺は、学校を抜け出し星莉の家に急いだ。星莉の社宅、栗原家のあった場所は空き部屋になっていた。

母親に聞いたところ、家を購入して引っ越していったらしい。わけがあって住所は教えられないの、と挨拶に来た星莉の母親は俺の母親に告げたそうだ。寂しく苦いその表情に、俺の母親は何も答えられなかったと言っていた。

幼い頃、親父の膝のうえで一緒に見ていた昆虫図鑑。ある一ページだけが脳裏に今でも焼きついている。この世の青ではないような、美しい翅を持つモルフォ蝶。

「人はな颯河、人生に何度か、もしかしたら一度だけ、この色を見ることがあるんだよ。外側の保護色じゃない青を間近でな。心を開いた人の内側の美しさに気づいた時、ちゃんとそれを認め、手の上に誘える人間にならなくてはな。飛び立ってからではすべてが遅い」

手の届かない大空に飛び去ってしまった俺のモルフォ蝶。あんなにきれいな蝶にこの先巡り合えるとは思えなかった。俺にとってたった一匹の蝶だった。

そして二度と、永遠に、この手には戻らないことを俺は知っていた。

第六章　星空の向こうに

◇1◇

頭上に満天の星がまたたいている。私は、ずいぶん長い間、この星空を眺めていた。星空……でも、さっきよりずっと意識がはっきりしている。

戻らなくてもすんだの？　まだ小高い丘の上に二人並んでいるのだろうか？　地下鉄から抜け出して寝転んだ、さっきまでと同じように、杉崎(すぎさき)はちゃんと隣にいてくれる？

横を確かめようとして、首が動かないことを不思議に思った。

「す、ぎ、さき……」

「はい、栗原(くりはら)さん。ちゃんと意識が戻っていますね。起きましたか？」

はい、と答えた。返事をしてくれた声は、杉崎に似ているような気がしないでもないけど、もっとずっと年配の人のものだった。

開けた瞳が現実感を持って焦点を結んでいくうちに、ここは小高い丘の上なんかじゃないことがわかった。満天の星は本物ではなく、壁や天井一面に描かれたものだったから。

退行催眠　治験対象患者氏名　栗原星莉（せり）　25歳

職業　カウンセラー

希望退行年齢　16歳（9月7日〜9月23日）　おおよそ一年間

腰に悪性の腫瘍（しゅよう）があり、余命一年。特効薬となる可能性のある新薬の認可を待つ。その間、退行催眠治療プロジェクトに治験患者として参加。自身のトラウマのもととなった高校一年九月からの一年間を希望。

【備考】退行催眠治療プロジェクト（遂行可能人員　二名以上）。人はかなりの記憶痕跡（こんせき）を神経細胞の回路に蓄積していることを前提としたプロジェクトである。

高校一年当時に戻り、自分の意思で一年間を送ってもらう。記憶の上書きをすることにより、トラウマの元凶となった物事を抹消（まっしょう）しようという試みである。しかし、人ひとりでは教室、教員、友人等の記憶に限界があるとの考え方により、二名以上で視神経の回路をつなぎ、記憶を補い合うことが理想的とされる。

今回、同じ高校に籍をおいた、同様に、病により新薬の認可を待つ患者の方と一緒に治験を受ける。

退行催眠の拠点は高校一年当時の母校、希望ケ原高校だが、約十年が経過しており二人の記憶にかなりの齟齬が予想される。それを最小限に留めるため、生活の基盤を現代に引き寄せる。現代であれば生活様式に記憶の差はないものと考える。幸い、希望ケ原高校は十年前から教室その他の改修を行っていない（母校訪問により記憶補塡、現代高校生の生活見学を完了）。

また、トラウマの元凶を取り除き、自信につなげたいとの希望により、二年生では特待クラスに上がることを希望（実際はトラウマの元凶となった人物と高校二年時に同じ六組であった）。そのための準備として、大手予備校の映像授業を退行催眠時に本人意思連動で導入する。

同一の集合体に新薬の認可を待つ二人、という極めてまれな状況が必要であったため、今回が初めての治験となる。ゆえに、特に経験のない特待クラスに進級する予定の二年時、記憶にばらつきが出る恐れがある。映像授業がうまくいかない場合はクラスが上がらない可能性あり。

なお退行催眠に入り、現在の記憶をとどめておけるのは体質等によるが約五分。その間にトラウマ解消のため、高校一年生に戻った自分に向け、目的、アドバイスなどを優先順位に基づき書き記しておくことが大切である。

私の眠っていたカプセル型のベッドの隣にはテーブルがあり、その上にいろいろなものが載っている。希望ケ原高校の名簿。生徒の顔写真。私の愛用のスマホ。パソコン画面にはヒタチゼミナールの映像授業の講座のアイコンがずらりと並んでいた。……私が、高校一年の後半、特待クラスに入るために受講した何十にも及ぶ講座だった。

そして少し離れた場所には、私のものと同じカプセルベッドがひとつ設置してある。

「えー……と……」

「ゆっくり起きてみますか？　筋肉のマッサージはずっとしていましたが、自分で身体（からだ）を動かすのは一年ぶりですから」

白衣を着た優しそうな先生。精神科のほうの今回の治験の担当医だ。首から下がっているネームプレートには、杉崎、と書いてある。そう。なんの因果か私の担当医は杉崎という苗字（みょうじ）なのだ。

まだ左手には杉崎の手の感触が残っているような気がする。あれは、ほんの、ついさっきの出来事……。

「あ……の」

「まだ声もちゃんとは出ないでしょう。でも喜んでください。栗原さんが眠っている一年間で、待っていた新薬は認可が下りましたよ。これであなたは助かる可能性が大幅にアップしました。主治医の佐伯(さえき)先生は緊急の手術が入ってしまいましたが、終わったら来られますからね」

私、どうしたんだっけ？　杉崎と一緒に丘の上で満天の星を見ていて……。そしてそうだ。戻りたくないと、杉崎が、うめくように言った……。

そこで私の脳は急速に回転し始めた。

そうだ。私は腰に悪性のできものがあって、手術でも簡単に取れる場所じゃなかった。余命一年。でも現在、治験の最終段階に入っている新薬が、私には特効薬になるかもしれない、と説明された。ただ私の余命には間に合わない。そこで勧められたのが一年間の退行催眠治療プロジェクトの治験をすることだ。頭部を常温に保ちながら生存ギリギリまで身体の温度を下げる技術の開発に成功した。超低体温睡眠。動物でいうところの冬眠状態を人工的に作り出すものだ。身体は仮死状態に近いほど代謝が落ち、癌(がん)細胞も完全に眠ってしまうため病気は一切進行しない。治験対象だからそれに掛かる費用のすべては病院側が負担してくれる。

私、戻ってきてしまった。想定もできない想いを持ち帰ってしまった。トラウマを払拭(ふっしょく)するどころかこれじゃ……。トラウマ……。トラウマ？　って、なんだっけ？

若い看護師さんが私の背中に手をまわしてゆっくり起こしてくれる。頭にはヘルメットみたいなものが装着され、そこからコードが十以上伸びている。コードは私のスマホやパソコン、他にもいろいろな機材につながっていた。そのうちの数本は隣のカプセルに眠る人が、同じように頭に装着しているヘルメットにつながれているのだ。

「たち、か、わ、く……は？」

ぐきぐきする首を無理に立川（たちかわ）のカプセルベッドに向けると、三人の看護師さんがそれを取り巻いて何か話しかけている。立川も起きたんだろうか。大丈夫だろうか。

退行催眠　治験対象患者氏名　立川和樹（かずき）　25歳
職業　高校体育教師
希望退行年齢　16歳（9月7日〜9月23日）　おおよそ一年間
多臓器に悪性の腫瘍があり、余命八カ月。特効薬となる可能性のある新薬の認可を待つ。その間、退行催眠治療プロジェクトに治験患者として参加。親友と当時の想い人を引き裂いた、という強い悔恨の意識を持つ。栗原星莉さんと同様の高校一年九月からの一年間を希望。

【備考】栗原星莉さんの記憶を補助するため、高校二年時は特待クラスに進学希望。同じ予備校の映像授業を受講予定。二人で一年生新学期初日にあった出来事の記憶すり合わせ済み。

立川も、両脇を看護師さんに支えられながら起き上がったところだった。顔色もそれほど悪くないと思う。手を振ろうとしたけど持ち上がらず、どうにか口角だけを上げて微笑んだつもりだった。

「せ、り……、う、しろ」

「え？」

立川が、私を挟んで向こう側に何かあると、訴えているようだった。まだ動かない腕を必死に持ち上げて指さそうとし、看護師さんに止められている。

後ろ、と言われても低体温睡眠から起きたばかりでどこも動かない。看護師さんが私のカプセルベッドを、立川の示す方向に回転させてくれる。そこには、低体温睡眠に入った時にはなかった衝立があった。衝立の向こうに何本もコードが消えていく。そのコードは私や立川のヘルメットから伸びているものもあった。

「栗原さん。実はもうひとりこの治験に参加した人物がいるんですよ。本人のたっての希望でね。栗原さんのトラウマを作った張本人なんですが……」

「え……！」

「今回の退行催眠でうまく栗原さんの記憶が上書きされていれば、トラウマになった事実は存在しないことになります。どうしますか？　本人に会いますか？　それは栗原さんにお任せすることになっています」

杉崎先生が、心配そうな瞳で私を覗き込む。

私は、慎重に、ゆっくりと、首を縦に振った。起きたばかりだというのに、ありえないほど胸が早鐘を打っていた。

衝立が看護師さんによって取り除かれる。

退行催眠　治験対象患者氏名　杉崎颯河　25歳

職業　ジャーナリスト

希望退行年齢　16歳（9月7日〜9月23日）　おおよそ一年間

健康体。身体的には特記するべき病歴なし。

治験患者、栗原星莉さんのトラウマの元凶となった人物。栗原星莉さんを傷つけたことで本人も傷を負い、現在に至るまでそれは癒（い）えていない。ある種のトラウマといっても過言ではない状態のため、精神科にかかっている。今回は本人のたっての希望であり、また当時を知る人数が多いほうが記憶を補い合えるために、混乱が生じないとの見解により、治験の参加を認められた。

【備考】栗原星莉さん、立川和樹さん同様、高校二年時は特待クラスに進学希望。同じ予備校の映像授業を受講予定。

M大学病院精神科教授　杉崎広大（こうだい）医師の次男。

杉崎だった。高校生の頃とほとんど変わらない、二十五歳の杉崎がカプセルベッドの中から身を起こしていた。私を認めると、ぎこちない笑みを浮かべた。

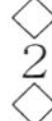

私と杉崎は、高台にある杉崎家のお墓の前で両手を合わせている。暖かい春の日で、墓地を取り巻くように植えられた桜の木からは、満開をすぎた花びらがちらちらと絶え間なく舞い散っている。この墓地には杉崎のおばあちゃんが眠っているのだ。

あれから半年がたち、身体は低体温睡眠の後遺症もなく動くようになっている。

私の新たな治療も始まっている。無理して待った革命的な新薬だけあって、効果は従来のものに比べて段違いだ。もちろん新薬でも厳しい副作用はあるけれど、私も立川も経過はきわめて順調と言える。

点滴と投薬を一定期間続けると、身体を休ませるために一時それを中断する。今はその中断期間なのだ。杉崎の運転する車でおばあちゃんのお墓参りに来ている。このあと、私の気分と体力に問題がなければ希望ケ原高校に行きたいよね、と話している。

「あのあと、結局、杉崎の家でおばあちゃんを引き取ったんだよね。幸せに暮らしてたんでしょ？」

立派な杉崎家の墓石から下がりながら少し後ろにいる人のほうを振り向く。お供えした春の花がゆるやかなそよ風になびいている。

「ああ。あの星莉と行ったばあちゃんの家は離れることになったけど、うちの近所の充実した老人会のおかげで楽しい晩年だったと思う。人と交流することが大切だって親父がずっと諭してたからな」

それは、あの嵐の夜に私がおばあちゃんの背中を押したこととはなんの関係もない。

私と杉崎と立川、三人の記憶は一年間だけ上書きされた。実際のリアルなその時期の記憶はもうないのだ。退行催眠で戻った過去が、高一の九月から高二の九月という非常に中途半端な時期だったため、私たちの記憶はおかしなことになっている。一組にいたはずの私も杉崎も立川も、二年の途中からは六組なのだ。世間的にはずっと六組だったはずだ。

私のスマホのアドレスに杏奈(あんな)も琴音(ことね)もいないことが、今はとても寂しい。

退行催眠の間の記憶を目覚めてからも保持できるということは、治験患者三人には伝えられていなかった。邪念にとらわれずその一年を精一杯生きることが、治療には必要だと判断されていたからだ。

それ以外にも、立川が退行催眠に入る前、高校生に戻った自分たちに、この世界で実像は自分たちだけだと記すのはやめようと主張するから、名前は書かずに〝二人〟なんて曖昧(あいまい)な表現方法になってしまった。立川が言うには、邪念にとらわれる可能性があるからダメらしい。そこはよくわからなかったけど、あんまり強く食い下がるから従った。

高校二年の最後に我が家は慌ただしくマイホームを購入して社宅を出ている。私は希望ケ原高校の三年には上がらず、通信制の高校に移ってそこを卒業し、大学に入った。

二年の時に何かがあったことは確実だけど、私たち三人にその記憶はもうない。杉崎をずっと最低だ、と思い続けてきた意識や、高二の後半に人から受けた嫌がらせの記憶だけは残っている。でも、今回の十年前へのトリップで、彼の、当時は無自覚だったらしい真実の気持ちを知ることができた。今、私は失くした一年間のことはどうでもいいと思っている。

退行催眠で戻った過去で、杉崎は地下鉄の電車から身を挺して私を守ってくれた。

画期的な技術開発成功といっても、低体温睡眠自体がまだ治験段階だ。それを健康体の杉崎が、私とともに高校時代をやり直すために受けてくれた。命がけの選択だったはずだ。

どうやら偶然私が治験患者だと知ってしまった杉崎は、親の前で重度の精神の病を装ったらしい。子供の頃から忙しかった杉崎のお父さんに当時は会ったことがなかったけど、高名な精神科のお医者さんなんだから、わが子の幼稚な演技なんてお見通しだったに違いない。

でも杉崎先生は、私から高校二年の時にあった出来事を聞いていた。そしてそのトラウマのもとになった張本人が、自分の息子だと気がついた。私と杉崎、双方にとってそれは不幸な釦(ボタン)の掛け違いだったのだ。杉崎の直談判から最終的には親子で充分な話し合いをし、治験参加を決めたらしい。

杉崎先生は息子を重度の病だと認め、治験患者にした。

それにしてもあの一年が退行催眠だったなんて、あの世界の私が知ったら仰天だ。

記憶はとてもファジーだ。担任がマキちゃんから米沢(よねざわ)に変わった事実は、立川も私もよく覚えていた。でもそれがいつの新学期だったのかは思い出すまでに二人とも時間がかかり、しかも不確かだった。いくつかの記憶は事前のすり合わせや、他の時期のものを新学期の初日だと、退行催眠に入る前に一種インプリンティングされたものだった。

未来の自分からのメッセージなのに、ブラウン管テレビとか二つ折り携帯でしか説明できない用語や出来事を記していた私の詰めの甘さ。うちはアナログ放送停波ぎりぎりまでブラウン管テレビを使っていたし、私も素美(もとみ)も高校時代はガラケーだった。あの当時でさえ、いずれ時代の遺物と化すことがわかっていた物体二つが、私の警告ノートに出てきていたわけだ。もっとしっかり考えて書けよ、私、って感じだ。

記憶はつくづく曖昧だと思う。生活様式を現代にひきよせる方法をとらなければ、基盤になる記憶がバラバラで、三人の見ている風景が違うという事態はもっと多かったんだろう。あの当時、どのくらいの生徒がガラケーでどのくらいの生徒がスマートフォンだったのか、まるで覚えていない。

ともあれ私たちの退行催眠の治験で、問題点がかなり浮き彫りになったらしい。


「桜、きれいだね」

私がてのひらをかざしたら、落ちてきた桜の花びらがちょうどそこに載った。

「それ、ほんとに桜の花びら?」

「え?」

杉崎は、目の前にある大きな桜の木を仰ぎ見た。

「これ、ほんとに桜の木だと思う?」

「やだなあ……。不安になること言わないでよ」

あれから半年がたつのに、まだ退行催眠から解けていないような奇妙な感覚が抜けないのだ。つい最近まで高校生だった気がする。

「ひまわりだったりして?」

杉崎が、いたずらっぽい表情で私のほうを覗き込む。

「杉崎……」

退行催眠で戻った高校二年、確かインターハイ本戦に行く前日だった。みんなで校庭の花壇の前にいたことがある。立川が最初、桜の花が満開だと歓声を上げ、まわりのみんながそれに同調した。

七月の花壇だ。私には桜じゃなくてひまわりに見えたのだ。実際、希望ケ原高校で七月の花壇に咲いている花はひまわりだ。

「星莉、あの時、桜じゃなくてひまわりが見えてたんだろ？」

「うっ、うん。……でも、杉崎にも、ひまわりが見えてたんだよね？」

退行催眠の間、私はいつもみんなと違う景色を見ているんじゃないかと不安だった。あの花壇の前でも、私以外は満開の桜を見ているんだろうと思っていた。

でも杉崎だけはなにも言わなかったことが、なぜか心の片隅に止まった。それだけじゃなく、みんなが見上げるような体勢をとっていたのに、彼は花壇をまっすぐに見ていた。ほんの……ほんの一瞬、私は杉崎も同じ光景を見ているのかもしれない、と感じた。

そうだったらいいのに、と思う心が生んだただの幻影だと、心の中ですぐに打ち消したけど。

「そうだよ。俺にもあの時ひまわりが見えてた。星莉の顔色から、星莉には桜が見えてないんだろうな。きっと見えてるのはひまわりだ、と確信してた」

「それって、あとから知っても感動的だな」

「幸せだったな、あの時。友だちといても、俺と星莉だけがみんなとは違う、二人だけの光景を見てる」

「うん。普通じゃ体験できない幸せだね」

そこで、杉崎は再び目の前の大きな木を見上げた。

「ほんとにきれいだな。今頃、希望ヶ原高校の桜並木もきっと満開だぞ」

「この木は、ほんとに桜で正解？」

さっき不安にさせたお返しに、私もふざけて杉崎の瞳を覗き込んだ。

「あたりまえ！」

頭をちょんっと小突かれる。

「だね」

大げさに小突かれた場所を押さえる。

同じ景色を見ているってだけで、こんなにも幸せ。そんな当然のことに気づけたのも、辛い日々があったからこそだ。

杉崎はそっぽを向きながら口を開いた。

「ずっと同じ景色を見ようぜ。じいさんばあさんになるまでさ」

どこか荒っぽく、私の右手に自分の左手を重ねた。
風が優しく吹き抜けていく。
私たちの上に、いつまでも桜の花びらが舞い降り続けた。

Fin.

※この作品はフィクションです。実在の人物・団体・事件などにはいっさい関係ありません。

集英社オレンジ文庫をお買い上げいただき、ありがとうございます。
ご意見・ご感想をお待ちしております。

●あて先
〒101-8050　東京都千代田区一ツ橋2-5-10
集英社オレンジ文庫編集部 気付
くらゆいあゆ先生

たとえば君が虚像の世界

2018年4月25日　第1刷発行

著　者　くらゆいあゆ
発行者　北畠輝幸
発行所　株式会社集英社
〒101-8050東京都千代田区一ツ橋2-5-10
電話【編集部】03-3230-6352
【読者係】03-3230-6080
【販売部】03-3230-6393（書店専用）
印刷所　凸版印刷株式会社

※定価はカバーに表示してあります

ISBN 978-4-08-680190-4 C0193

集英社オレンジ文庫

くらゆいあゆ

世界、それはすべて君のせい

貴希が監督を担当する映画サークルに、
高飛車なお嬢様の真葉が入部を希望した。
貴希は反対するが、以前の性格が
嘘のように穏やかで優しく、
提出した脚本もひどく魅力的で…？
切なすぎる青春フィルム・グラフィティ。

好評発売中

【電子書籍版も配信中　詳しくはこちら→http://ebooks.shueisha.co.jp/orange/】